हिन्द पॉकेट बुक्स

पंचतंत्र की कहानियां

सत्यकाम विद्यालंकार गुरुकुल कांगडी के संस्थापक स्वामी श्रद्धानंद सरस्वती के दोहते थे। पंडित इंद्र विद्यावाचस्पति उनके मामा थे। गुरुकुल से स्नातक होने के बाद उन्होंने अपने मामा के साथ *दैनिक वीर अर्जुन* में संपादन कार्य किया। अपने क्रांतिकारी लेखों के कारण उन्हें ब्रिटिश सरकार का कोपभाजन बनना पड़ा और उन्हें जेल की सजा हुई। सत्यकाम जी अपने संपादकीय प्रतिभा के बल पर उन्नति करते हुए अंततः *दैनिक नवयुग* दिल्ली के संपादक बने और फिर टाइम्स ऑफ इंडिया समूह के लोकप्रिय हिंदी साप्ताहिक *धर्मयुग* के अनेक वर्ष संपादक रहे। वहां से अवकाश प्राप्त करने के बाद उन्होंने साहित्यिक सांस्कृतिक मासिक पत्र *नवनीत* का संपादन संभाला।

सत्यकाम ने बीसियों मौलिक रचना लिखकर हिंदी साहित्य की श्रीवृद्धि की। स्वामी सत्य प्रकाश के सहयोग से चारों वेदों का अंग्रेजी में अनुवाद किया।

पंचतंत्र की कहानियां

मूल लेखक

विष्णु शर्मा

हिन्दी अनुवाद

सत्यकाम विद्यालंकार

हिन्द पॉकेट बुक्स

पेंगुइन रैंडम हाउस इम्प्रिंट

हिन्द पॉकेट बुक्स

यूएसए | कनाडा | यूके | आयरलैंड | ऑस्ट्रेलिया | सिंगापुर
न्यू ज़ीलैंड | भारत | दक्षिण अफ़्रीका | चीन

हिन्द पॉकेट बुक्स, पेंगुइन रैंडम हाउस ग्रुप ऑफ़ कम्पनीज़ का हिस्सा है,
जिसका पता global.penguinrandomhouse.com पर मिलेगा

पेंगुइन रैंडम हाउस इंडिया प्रा. लि.,
चौथी मंजिल, कैपिटल टावर -1, एम जी रोड,
गुड़गांव-122002, हरियाणा, भारत

पेंगुइन
रैंडम हाउस
इंडिया

प्रथम हिन्दी संस्करण हिन्द पॉकेट बुक्स द्वारा 2012 में प्रकाशित
यह हिन्दी संस्करण हिन्द पॉकेट बुक्स में पेंगुइन रैंडम हाउस द्वारा 2023 में प्रकाशित

10 9 8 7 6 5 4 3 2

ISBN 9789353492847

मुद्रकः रेप्रो इंडिया लिमिटेड

www.penguin.co.in

FSC
www.fsc.org
MIX
Paper from
responsible sources
FSC® C047271

This is a legitimate digitally printed version of the book and therefore might not have certain extra finishing on the cover.

कथा-क्रम

चतुर्थ तंत्र 111

लब्ध प्रणांश, मेंढक-सांप की मित्रता, आजमाए को आजमाना, समय का राग, कुसमय की टर्र, गीदड़ गीदड़ ही रहता है, स्त्री का विश्वास, स्त्री-भक्त राजा, वाचाल गधा, न घर का न घाट का, घमंड का सर नीचा, राजनीतिज्ञ गीदड़, कुत्ते का बैरी कुत्ता

पंचम तंत्र 135

अपरीक्षित कारक, बिना विचारे जो करे, लालच बुरी बला, वैज्ञानिक मूर्ख, चार मूर्ख पंडित, एक बुद्धि की कथा, संगीत विशारद गधा, मित्र की शिक्षा मानो, शेखचिल्ली न बनो, लोभ बुद्धि पर परदा डाल देता है, भय का भूत, जिज्ञासु बनो, मिलकर काम करो, मार्ग का साथी।

भूमिका

दक्षिण देश के एक प्रान्त में महिलारोप्य नाम का नगर था। वहां एक महादानी, प्रतापी राजा अमरशक्ति रहता था। उसके पास अनन्त धन था; रत्नों की अपार राशि थी; किन्तु उसके पुत्र बिल्कुल जड़बुद्धि थे। तीनों पुत्रों–बाहुशक्ति, अनन्तशक्ति, उग्रशक्ति के होते हुए भी वह सुखी न था। तीनों विनयहीन, उद्दंड और मूर्ख थे।

राजा ने अपने मंत्रियों को बुलाकर पुत्रों की शिक्षा के संबंध में अपनी चिंता प्रकट की। राजा के राज्य में उस समय पांच सौ वृत्ति–भोगी शिक्षक थे। उनमें से एक भी ऐसा नहीं था जो राजपुत्रों को उचित शिक्षा दे सकता। अन्त में राजा की चिन्ता को दूर करने के लिए सुमति नाम के मंत्री ने सकलशास्त्र–पारंगत आचार्य विष्णु शर्मा को बुलाकर राजपुत्रों का शिक्षक नियुक्त करने की सलाह दी।

राजा ने विष्णु शर्मा को बुलाकर कहा कि यदि आप मेरे इन पुत्रों को शीघ्र ही राजनीतिज्ञ बना देंगे, तो मैं आपको एक सौ गांव इनाम में दूंगा। विष्णु शर्मा ने हंसकर उत्तर दिया–महाराज! मैं अपनी विद्या को बेचता नहीं हूं। इनाम की मुझे इच्छा नहीं है। आपने आदर से बुलाकर आदेश दिया है, इसलिए छः महीने में ही मैं आपके पुत्रों को राजनीतिज्ञ बना दूंगा। यदि मैं इसमें सफल न हुआ तो अपना नाम बदल डालूंगा।

आचार्य का आश्वासन पाकर राजा ने अपने पुत्रों का शिक्षणभार उन पर डाल दिया और निश्चिन्त हो गया। विष्णु शर्मा ने उनकी शिक्षा के लिए अनेक कथाएं बनाईं। उन कथाओं द्वारा ही उन्हें राजनीति और व्यवहार–नीति की शिक्षा दी। उन कथाओं का संग्रह ही पंचतंत्र है। पांच प्रकरणों में उनका विभाजन होने से उसे 'पंचतंत्र' नाम दिया गया।

राजपुत्र इन कथाओं को सुनकर छः महीने में ही पूरे राजनीतिज्ञ बन गए। उन पांच प्रकरणों के नाम है : 1. मित्रभेद, 2. मित्र–सम्प्राप्ति, 3. काकोलूकीयम्, 4. लब्धप्रणांशम्, और 5. अपरीक्षितकारकम्। प्रस्तुत पुस्तक में पांचों प्रकरण दिए गए हैं।

प्रथम तंत्र

मित्रभेद

महिलारोप्य नाम के नगर में वर्धमान नाम का एक वणिक-पुत्र रहता था। उसने धर्मयुक्त रीति से व्यापार में पर्याप्त धन पैदा किया था, किन्तु उतने से उसे संतोष नहीं होता था; और भी अधिक धन कमाने की इच्छा थी। छः उपायों से ही धनोपार्जन किया जाता है–भिक्षा, राजसेवा, खेती, विद्या, सूद और व्यापार से। इनमें से व्यापार का साधन ही सर्वश्रेष्ठ है। व्यापार के भी अनेक प्रकार हैं। उनमें सबसे अच्छा यही है कि परदेस से उत्तम वस्तुओं का संग्रह करके स्वदेश में उन्हें बेचा जाए। यही सोचकर वर्धमान ने अपने नगर से बाहर जाने का संकल्प किया। मथुरा जाने वाले मार्ग के लिए उसने अपना रथ तैयार करवाया। रथ में दो सुन्दर, सुदृढ़ बैल जुतवाए। उनके नाम थे-संजीवक और नन्दक।

वर्धमान का रथ यमुना के किनारे पहुंचा, तो संजीवक नाम का बैल नदी-तट की दलदल में फंस गया। वहां से निकलने की चेष्टा में उसका एक पैर भी टूट गया। वर्धमान को यह देखकर बड़ा दुःख हुआ। तीन रात उसने बैल के स्वस्थ होने की प्रतीक्षा की। बाद में उसके सारथी ने कहा कि वन में अनेक हिंसक जन्तु रहते हैं, यहां उनसे बचाव का कोई उपाय नहीं है। संजीवक के अच्छा होने में बहुत दिन लग जाएंगे। इतने दिन यहां रहकर प्राणों का संकट नहीं उठाया जा सकता। इस बैल के लिए अपने जीवन को मृत्यु के मुख में क्यों डालते हैं?

तब वर्धमान ने संजीवक की रखवाली के लिए रक्षक रखकर आगे प्रस्थान किया। रक्षकों ने भी जब देखा कि जंगल अनेक शेर-बाघ-चीतों से भरा पड़ा है, तो वे भी दो-एक दिन बाद ही वहां से प्राण बचाकर भागे और वर्धमान के सामने झूठ बोल दिया-स्वामी! संजीवक तो मर गया। हमने उसका दाह-संस्कार कर दिया। वर्धमान यह सुनकर बड़ा दुःखी हुआ, किन्तु अब कोई उपाय न था।

इधर संजीवक यमुना-तट की शीतल वायु के सेवन से कुछ स्वस्थ हो गया। नदी किनारे की दूब का अगला भाग पशुओं के लिए बहुत बलदायी होता है। उसे निरन्तर खाने के बाद वह खूब मांसल और हृष्ट-पुष्ट हो गया। दिन-भर नदी किनारे को सींगों से पाटना और मदमत्त होकर गरजते हुए किनारों की झाड़ियों में सींग उलझाकर खेलना ही उसका काम था।

एक दिन उसी यमुना-तट पर पिंगलक नाम का शेर पानी पीने आया। वहां उसने दूर से ही संजीवक की गंभीर हुंकार सुनी। उसे सुनकर वह भयभीत-सा होकर सिमटकर झाड़ियों में जा छिपा।

शेर के साथ दो गीदड़ भी थे, करटक और दमनक। ये दोनों सदा शेर के पीछे-पीछे रहते थे। उन्होंने जब अपने स्वामी को भयभीत देखा तो आश्चर्य में डूब गए। वन के स्वामी का इस तरह भयातुर होना सचमुच बड़े अचम्भे की बात थी। आज तक पिंगलक कभी इस तरह भयभीत नहीं हुआ था। दमनक ने अपने साथी गीदड़ से कहा-करटक! हमारा स्वामी वन का राजा है। सब पशु उससे डरते हैं। आज वही इस तरह सिमटकर डरा-सा बैठा है। वह पानी पीने के लिए यमुना-तट तक जाकर, प्यासा होकर भी लौट आया। इस डर का कारण क्या है?

करटक ने उत्तर दिया-दमनक! कारण कुछ भी हो, हमें क्या? दूसरों के काम में कौतूहलवश व्यर्थ ही हस्तक्षेप करना ठीक नहीं। जो ऐसा करता है, वह उसी बंदर की तरह तड़प-तड़पकर मरता है, जिसने दूसरे के काम में कौतूहलवश व्यर्थ ही हस्तक्षेप किया था।

दमनक ने पूछा-यह क्या बात कही तुमने?

करटक ने कहा-सुनो!

अनाधिकार चेष्टा

एक गांव के पास जंगल की सीमा पर मन्दिर बन रहा था। वहां के कारीगर दोपहर के समय भोजन के लिए गांव में आ जाते थे।

एक दिन जब वे गांव में आए हुए थे तो बन्दरों का दल इधर-उधर घूमता हुआ वहीं आ गया, जहां कारीगरों का काम चल रहा था। कारीगर उस समय वहां नहीं थे। बन्दरों ने इधर-उधर उछलना और खेलना शुरू कर दिया।

वहीं एक कारीगर शहतीर को आधा चीरने के बाद उसमें कील फंसाकर गया था। एक बन्दर को यह कौतूहल हुआ कि यह कील यहां क्यों फंसी है। तब आधे चिरे हुए शहतीर पर बैठकर वह अपने दोनों हाथों से कील को बाहर खींचने लगा। कील बहुत मजबूती से वहां गड़ी थी इसलिए बाहर नहीं निकली, लेकिन बन्दर भी हठी था, वह पूरी ताकत से कील निकालने में जूझ गया।

अन्त में भारी झटके के साथ वह कील निकल आई, किन्तु उसके निकलते ही बन्दर का पिछला भाग शहतीर के चिरे हुए दो भागों के बीच में आकर पिचक गया। अभागा बन्दर वहीं तड़प-तड़पकर मर गया।

इसीलिए मैं कहता हूं कि हमें दूसरों के काम में हस्तक्षेप नहीं करना चाहिए? हमें शेर के भोजन का बचा-खुचा तो मिल ही जाता है, अन्य बातों की चिन्ता क्यों करें?

दमनक ने कहा—करटक! तुझे तो बस अपने बचे-खुचे आहार की ही चिन्ता रहती है। स्वामी के हित की तो तुझे परवाह ही नहीं।

करटक—हित-चिन्ता से क्या होता है? हमारी गिनती उनके प्रधान सहायकों में तो है नहीं। बिना पूछे सम्मति देना मूर्खता है। इससे अपमान के अतिरिक्त कुछ नहीं मिलता।

दमनक—प्रधान-अप्रधान की बात रहने दे। जो भी स्वामी की अच्छी सेवा करेगा, वह प्रधान बन जाएगा। जो सेवा नहीं करेगा, वह प्रधान-पद से भी गिर जाएगा। राजा, स्त्री और लता का यही नियम है कि वे पास

रहने वाले को ही अपनाते हैं।

करटक–तब क्या किया जाए। अपना अभिप्राय साफ-साफ कह दे।

दमनक–आज हमारा स्वामी बहुत भयभीत है। उसके भय का कारण जानकर सन्धि-विग्रह आसन-संश्रय-द्वैधीभाव आदि उपायों से हम-भय निवारण की सलाह देंगे।

करटक–तुझे कैसे मालूम कि स्वामी भयभीत हैं?

दमनक–यह जानना कोई कठिन काम नहीं है। मन के भाव छिपे नहीं रहते। चेहरे से, इशारों से, भाषण-शैली से, आंखों की भ्रूभंगी से वे सबके सामने आ जाते हैं। आज हमारा स्वामी भयभीत है। उसके भय को दूर करके हम उसे अपने वश में कर सकते हैं। तब वह हमें अपना प्रधान सचिव बना लेगा।

करटक–तू राजसेवा के नियमों से अनभिज्ञ है, स्वामी को वश में कैसे करेगा?

दमनक–मैंने तो बचपन में अपने पिता के संग खेलते-खेलते राजसेवा का पाठ पढ़ लिया था। राजसेवा स्वयं एक कला है। मैं उस कला में प्रवीण हूं।

यह कहकर दमनक ने राजसेवा के नियमों का निर्देश किया। राजा को संतुष्ट करने और उसकी दृष्टि में सम्मान पाने के लिए अनेक उपाय भी बतलाए। करटक दमनक की चतुराई देखकर दंग रह गया। उसने भी उसकी बात मान ली और दोनों शेर की राजसभा की ओर चल दिए।

दमनक को आता देखकर पिंगलक द्वारपाल से बोला–हमारे भूतपूर्व मंत्री का पुत्र दमनक आ रहा है, उसे हमारे पास बे-रोक आने दो।

दमनक राजसभा में आकर पिंगलक को प्रणाम करके अपने लिए निर्दिष्ट स्थान पर बैठ गया। पिंगलक ने अपना दाहिना हाथ ऊपर उठाकर दमनक से कुशल-क्षेम पूछते हुए कहा–कहो दमनक! सब कुशल तो है? बहुत दिनों बाद आए? क्या कोई विशेष प्रयोजन है?

दमनक–विशेष प्रयोजन तो कोई भी नहीं, फिर भी सेवक को स्वामी के हित की बात कहने के लिए स्वयं आना चाहिए। राजा के पास उत्तम, मध्यम, अधम, सभी प्रकार के सेवक हैं। राजा के लिए सभी का प्रयोजन है। समय पर तिनके का भी सहारा लेना पड़ता है, सेवक की तो बात ही क्या है।

–आपने बहुत दिन बाद आने का उपालम्भ दिया है। उसका भी कारण है। जहां कांच की जगह मणि और मणि के स्थान पर कांच जड़ा जाए, वहां अच्छे सेवक नहीं ठहरते जहां पारखी नहीं वहां रत्नों का मूल्य नहीं लगता। स्वामी और सेवक परस्पर आश्रयी होते हैं। उन्हें एक–दूसरे का सम्मान करना चाहिए। राजा तो सन्तुष्ट होकर सेवक को केवल सम्मान देते हैं, किन्तु सेवक संतुष्ट होकर राजा के लिए प्राणों की बलि तक दे देता है।

पिंगलक दमनक की बातों से प्रसन्न होकर बोला–तू तो हमारे भूतपूर्व मंत्री का पुत्र है, इसलिए तुझे जो कहना है, निश्चिन्त होकर कह दे।

दमनक–मैं स्वामी से कुछ एकान्त में कहना चाहता हूं। चार कानों में ही भेद की बात सुरक्षित रह सकती है, छः कानों में कोई भेद गुप्त नहीं रह सकता।

तब पिंगलक ने इशारे से बाघ, रीछ, चीते आदि सब जानवरों को सभा से बाहर भेज दिया।

सभा में एकान्त होने के बाद दमनक ने शेर के कानों के पास जाकर प्रश्न किया :

स्वामी! जब आप पानी पीने गए थे, तब पानी पिए बिना क्यों लौट आए? इसका कारण क्या था?

पिंगलक ने जरा सूखी हंसी हंसते हुए उत्तर दिया–कुछ भी नहीं।

दमनक–देव! यदि वह बात कहने योग्य नहीं है, तो मत कहिए। सभी बातें कहने योग्य नहीं होती। कुछ बातें अपनी स्त्री से भी छिपाने योग्य होती हैं। कुछ पुत्रों से भी छिपा ली जाती हैं। बहुत अनुरोध पर भी ये बातें नहीं कही जातीं।

पिंगलक ने सोचा, यह दमनक बुद्धिमान दिखता है; क्यों न इससे अपने मन की बात कह दी जाए, यह सोच वह कहने लगा :

दमनक! दूर से जो यह हुंकार की आवाज आ रही है, उसे तुम सुनते हो?

दमनक–सुनता हूं स्वामी! उससे क्या हुआ?

दमनक! मैं इस वन से चले जाने की सोच रहा हूं।

दमनक! किसलिए, भगवन्!

पिंगलक–इसलिए कि इस वन में यह कोई दूसरा बलशाली जानवर आ गया है; उसी का यह भयंकर घोर गर्जन है। अपनी आवाज की तरह वह स्वयं भी इतना ही भयंकर होगा। उसका पराक्रम भी इतना ही भयानक होगा।

दमनक–स्वामी! ऊंचे शब्द–मात्र से भय करना युक्तियुक्त नहीं है। ऊंचे शब्द तो अनेक प्रकार के होते हैं। भेरी, मृदंग, पटह, शंख, काहल आदि अनेक वाद्य हैं, जिनकी आवाज बहुत ऊंची होती है। उनसे कौन डरता है? यह जंगल आपके पूर्वजों के समय का है। वे यहीं राज्य करते रहे हैं। उसे इस तरह छोड़कर जाना ठीक नहीं। ढोल भी कितने जोर से बजता है, गोमायु को उसके अंदर जाकर ही पता लगा कि वह अन्दर से खाली था।

पिंगलक ने कहा–गोमायु की कहानी कैसी है?

दमनक ने तब कहा–ध्यान देकर सुनिए!

ढोल की पोल

गोमायु नाम का गीदड़ एक बार भूखा-प्यासा जंगल में घूम रहा था। घूमते-घूमते वह एक युद्धभूमि में पहुंच गया। वहां दो सेनाओं में युद्ध होकर शांत हो गया, किन्तु एक ढोल अभी तक वहीं पड़ा था। उस ढोल पर इधर-उधर की बेलों की शाखाएं हवा में हिलती हुई प्रहार करती थीं। उस प्रहार के कारण ढोल से बड़े जोर की आवाज होती थी।

आवाज सुनकर गोमायु बहुत डर गया। उसने सोचा, इससे पूर्व कि यह भयानक शब्द वाला जानवर मुझे देखे, मैं यहां से भाग जाता हूं, किन्तु, दूसरे ही क्षण उसे याद आया कि भय या आनन्द के उद्वेग में हमें सहसा कोई काम नहीं करना चाहिए। पहले भय के कारण की खोज करनी चाहिए। यह सोचकर वह धीरे-धीरे उधर चल पड़ा जिधर से शब्द आ रहा था। शब्द के बहुत निकट पहुंचा, तो ढोल को देखा। ढोल पर बेलों की शाखाएं चोट कर रही थीं। गोमायु ने स्वयं भी उस पर हाथ मारने शुरू कर दिए। ढोल और भी जोर से बज उठा।

गीदड़ ने सोचा, यह जानवर तो बहुत सीधा-सादा मालूम होता है। इसका शरीर भी बहुत बड़ा है। मांसल भी है। इसे खाने से कई दिनों की भूख मिट जाएगी। इसमें चर्बी, मांस, रक्त खूब होगा। यह सोचकर उसने ढोल के ऊपर लगे हुए चमड़े में दांत गड़ा दिए, चमड़ा बहुत कठोर था, गीदड़ के दो दांत टूट गए। बड़ी कठिनाई से ढोल में एक छिद्र हुआ। उस छिद्र को चौड़ा करके गोमायु गीदड़ जब ढोल में घुसा, तो यह देखकर बड़ा निराश हुआ कि वह तो अंदर से बिल्कुल खाली है, उसमें रक्त, मांस, मज्जा थे ही नहीं।

इसलिए मैं कहता हूं कि शब्द-मात्र से डरना उचित नहीं है।

पिंगलक ने कहा-मेरे सभी साथी उस आवाज से डरकर जंगल से भागने की योजना बना रहे हैं। इन्हें किस तरह धीरज बंधाऊँ?

दमनक-इसमें इनका क्या दोष? सेवक तो स्वामी का ही अनुकरण करते हैं। जैसा स्वामी होगा, वैसे ही उसके सेवक होंगे। यही संसार की रीति है, आप कुछ काल धीरज रखें, साहस से काम लें, मैं शीघ्र ही शब्द का स्वरूप देखकर आऊंगा।

पिंगलक-तू वहां जाने का साहस कैसे करेगा?

दमनक-स्वामी के आदेश का पालन करना ही सेवक का काम है। स्वामी की आज्ञा हो तो आग में कूद पड़ूं, समुद्र में छलांग मार दूं।

पिंगलक-दमनक! जाओ, इस शब्द का पता लगाओ। तुम्हारा मार्ग कल्याणकारी हो, यही मेरा आशीर्वाद है।

तब दमनक पिंगलक को प्रणाम करके संजीवक के शब्द की ध्वनि का लक्ष्य बांधकर उसी दिशा में चल दिया।

दमनक के जाने के बाद पिंगलक ने सोचा–यह बात अच्छी नहीं हुई कि मैंने दमनक का विश्वास करके उसके सामने अपने मन का भेद खोल दिया। कहीं वह उसका लाभ उठाकर दूसरे पक्ष में मिल जाए और उसे मुझ पर आक्रमण करने के लिए उकसा दे तो बुरा होगा। मुझे दमनक का भरोसा नहीं करना चाहिए था। वह पदच्युत है, उसका पिता मेरा प्रधानमंत्री था। एक बार सम्मानित होकर अपमानित हुए सेवक विश्वासपात्र नहीं होते। वे सदा अपने इस अपमान का बदला लेने का अवसर खोजते रहते हैं। इसलिए किसी दूसरे स्थान पर जाकर ही दमनक की प्रतीक्षा करता हूं।

यह सोचकर वह दमनक की राह देखता हुआ दूसरे स्थान पर अकेला चला गया।

दमनक जब संजीवक के शब्द का अनुकरण करता हुआ उसके पास पहुंचा तो यह देखकर उसे प्रसन्नता हुई कि वह कोई भयंकर जानवर नहीं, बल्कि सीधा-सादा बैल है। उसने सोचा, अब मैं सन्धि -विग्रह की कूटनीति से पिंगलक को अवश्य अपने वश में कर लूंगा। आपत्तिग्रस्त राजा ही मंत्रियों के वश में होते हैं।

यह सोचकर वह पिंगलक से मिलने के लिए वापस चल दिया। पिंगलक ने उसे अकेले आता देखा तो उसके दिल में धीरज बंधा।

उसने कहा–दमनक, वह जानवर देख लिया तुमने?

दमनक–आपकी दया से देखा, स्वामी!

पिंगलक–सचमुच?

दमनक–मैं स्वामी के सामने असत्य नहीं बोल सकता। आपकी तो मैं देवता की तरह पूजा करता हूं, आपसे झूठ कैसे बोल सकूंगा?

पिंगलक–सम्भव है तूने देखा हो, इसमें विस्मय क्या? और इसमें भी आश्चर्य नहीं कि उसने तुझे नहीं मारा। महान व्यक्ति महान शत्रु पर

ही अपना पराक्रम दिखाते हैं, दीन और तुच्छ जन पर नहीं। आंधी का झोंका बड़े वृक्षों को ही गिराता है, घास-पात को नहीं।

दमनक–मैं दीन ही सही, किन्तु आपकी आज्ञा हो तो मैं उस महान पशु को भी आपका दीन सेवक बना दूं।

पिंगलक ने लंबी सांस खींचते हुए कहा–यह कैसे होगा दमनक?

दमनक–बुद्धि के बल से सब कुछ हो सकता है, स्वामी! जिस काम को बड़े-बड़े हथियार नहीं कर सकते, उस काम को छोटी-सी बुद्धि कर देती है।

पिंगलक–यदि यही बात है तो मैं तुझे आज से अपना प्रधानमंत्री बनाता हूं। आज से मेरे राज्य के इनाम बांटने या दंड देने के काम तेरे ही अधीन होंगे।

पिंगलक से यह आश्वासन पाने के बाद दमनक संजीवक के पास जाकर अकड़ता हुआ बोला–अरे, दुष्ट बैल! मेरा स्वामी पिंगलक तुझे बुला रहा है। तू यहां नदी के किनारे व्यर्थ ही हुंकार क्यों भरता रहता है?

संजीवक–यह पिंगलक कौन?

दमनक–अरे! पिंगलक को नहीं जानता? चल कर देखेगा तो उसकी शक्ति को जान जाएगा। जंगल के सब जानवरों का स्वामी पिंगलक शेर वहां वृक्ष की छाया में बैठा है।

यह सुनकर संजीवक के प्राण सूख गए। दमनक के सामने गिड़गिड़ाता हुआ वह बोला–मित्र! तू सज्जन प्रतीत होता है। यदि तू मूझे वहां ले जाना चाहता है, तो पहले स्वामी से मेरे लिए अभय-वचन ले ले।

दमनक–तेरा कहना सच है, मित्र! तू यहीं बैठ, मैं अभय-वचन लेकर अभी आता हूं।

तब, दमनक पिंगलक के पास जाकर बोला–स्वामी! वह कोई साधारण जीव नहीं है, वह तो भगवान का वाहन बैल है। मेरे पूछने पर

उसने बतलाया कि उसे भगवान ने प्रसन्न होकर यमुनातट की हरी-हरी घास खाने को यहाँ भेजा है। वह तो कहता है कि भगवान ने उसे यह सारा वन खेलने और चरने को सौंप दिया है।

पिंगलक–सच कहते हो, दमनक। भगवान के आशीर्वाद के बिना कौन बैल है, जो यहां इस वन में इतनी निःशंकता से घूम सके, फिर तूने क्या उत्तर दिया, दमनक?

दमनक–मैंने उसे कहा कि इस वन में तो चण्डिका वाहन रूप शेर पिंगलक पहले से ही रहता है। तुम भी उसके अतिथि बनकर रहो। उसके साथ आनन्द से विचरण करो। वह तुम्हारा स्वागत करेगा।

पिंगलक–फिर उसने क्या कहा?

दमनक–उसने यह बात मान ली और कहा कि अपने स्वामी से अभय-वचन ले आओ, मैं तुम्हारे साथ चलूंगा। अब स्वामी जैसा चाहें, वैसा करूंगा।

दमनक की बात सुनकर पिंगलक बहुत प्रसन्न हुआ, बोला–बहुत अच्छा कहा, दमनक, तूने बहुत अच्छा कहा। मेरे दिल की बात कह दी। अब उसे अभय-वचन देकर शीघ्र मेरे पास ले आओ।

दमनक संजीवक के पास जाते-जाते सोचने लगा–स्वामी आज बहुत प्रसन्न हैं, बातों की बातों में मैंने उन्हें प्रसन्न कर लिया। आज मुझसे अधिक धन्य भाग्य कोई नहीं।

संजीवक के पास जाकर दमनक सविनय बोला–मित्र। मेरे स्वामी ने तुम्हें अभय-वचन दे दिया है। मेरे साथ आ जाओ, किन्तु राजप्रासाद में जाकर अभिमानी न हो जाना, मुझसे मित्रता का सम्बन्ध निभाना। मैं भी तुम्हारे संकेत से राज्य चलाऊंगा। हम दोनों मिलकर राज्यलक्ष्मी का भोग करेंगे।

दोनों मिलकर पिंगलक के पास गए। पिंगलक ने लख-विभूषित दाहिना हाथ उठाकर संजीवक का स्वागत किया और कहा–कल्याण हो आपका। आप इस निर्जन वन में कैसे आ गए?

संजीवक ने सब वृत्तान्त कह सुनाया। पिंगलक ने सब सुनकर कहा–मित्र! डरो मत। इस वन में मेरा ही राज्य है। मेरी भुजाओं से रक्षित

वन में तुम्हारा कोई बाल भी बांका नहीं कर सकता, फिर भी, अच्छा यही है कि तुम हर समय मेरे साथ रहो। वन में अनेक भयंकर पशु रहते हैं, बड़े-बड़े हिंसक वनचरों को भी डरकर रहना पड़ता है, तुम तो फिर हो ही निरामिष-भोजी।

शेर और बैल की इस मैत्री के बाद कुछ दिन तो वन का शासन करटक-दमनक ही करते रहे, किन्तु बाद में संजीवक के संपर्क से पिंगलक भी नगर की सभ्यता से परिचित होता गया। संजीवक को सभ्य जीव मानकर वह उसका सम्मान करने लगा और स्वयं भी संजीवक की तरह सुसभ्य होने का यत्न करने लगा। थोड़े दिन बाद संजीवक का प्रभाव पिंगलक पर इतना बढ़ गया कि पिंगलक ने अन्य सब वनचारी पशुओं की उपेक्षा शुरू कर दी। प्रत्येक प्रश्न पर पिंगलक संजीवक के साथ ही एकान्त में मंत्रणा किया करता। करटक-दमनक बीच में दखल नहीं दे पाते थे। संजीवक की इस मानवृद्धि से दमनक के मन में आग लग गई।

शेर व बैल की इस मैत्री का एक दुष्परिणाम यह भी हुआ कि शेर ने शिकार के काम में ढील कर दी। करटक-दमनक शेर का बचा-खुचा मांस खाकर ही जीते थे। अब वह बचा-खुचा मांस बहुत कम हो गया था। करटक-दमनक इससे भूखे रहने लगे। तब वे दोनों इसका उपाय सोचने लगे।

दमनक बोला—करटक भाई! यह तो अनर्थ हो गया। शेर की दृष्टि में महत्त्व पाने के लिए ही तो मैंने संजीवक को शेर से मिलाया था। अब उसका परिणाम सर्वथा विपरीत हो रहा है। संजीवक को पाकर स्वामी ने हमें बिल्कुल भुला दिया है। हम ही क्या, सारे वनचरों को उसने भुला दिया है। यहां तक कि अपना काम भी वह भूल गया है।

करटक ने कहा—किन्तु इसमें भूल किसकी है? तूने ही दोनों की भेंट कराई थी। अब तू ही कोई उपाय कर, जिससे इन दोनों में बैर हो जाए।

दमनक–जिसने मेल कराया है, वह फूट भी डाल सकता है।

करटक–यदि इनमें से किसी को भी यह ज्ञान हो गया कि तू फूट कराना चाहता है, तो तेरा कल्याण नहीं।

दमनक–मैं इतना कच्चा खिलाड़ी नहीं हूं। सब दांव-पेंच जानता हूं।

करटक–मुझे तो फिर भी भय लगता है। संजीवक बुद्धिमान है, वह ऐसा नहीं होने देगा।

दमनक–भाई मेरा बुद्धि–कौशल सब करा देगा। बुद्धि के बल से असम्भव भी सम्भव हो जाता है। जो काम शस्त्रास्त से नहीं हो पाता, वह बुद्धि से हो जाता है, जैसे सोने की माला से काक पत्नी ने काले सांप का वध किया था।

करटक ने पूछा–वह कैसे?

दमनक ने तब 'सांप और कौवे की कहानी' सुनाई :

अक्ल बड़ी या भैंस

एक स्थान पर वटवृक्ष की एक बड़ी खोल में एक कौवा-कौवी रहते थे। उसी खोल के पास एक सांप भी रहता था। वह सांप कौवी के नन्हे-नन्हे बच्चों को उनके पंख निकलने से पहले ही खा जाता था। दोनों इससे बहुत दुःखी थे। अन्त में दोनों ने अपनी दुःख भरी कथा उस वृक्ष के नीचे रहने वाले एक गीदड़ को सुनाई, और उससे यह भी पूछा कि अब क्या किया जाए। सांप वाले घर में रहना प्राणघातक है।

गीदड़ ने कहा–इसका उपाय चतुराई से ही हो सकता है। शत्रु पर उपाय द्वारा विजय पाना अधिक आसान है। एक बार एक बगुला बहुत-सी उत्तम, मध्यम, अधम, मछलियों को खाकर प्रलोयवश एक कर्कट के हाथों उपाय से ही मारा गया था।

दोनों ने पूछा–कैसे?

तब गीदड़ ने कहा–सुनो।

बगुला भगत

एक जंगल में बहुत–सी मछियों से भरा एक तालाब था। एक बगुला वहां प्रतिदिन मछलियों को खाने के लिए आता था, किन्तु वृद्ध होने के कारण मछलियों को पकड़ नहीं पाता था।

इस तरह भूख से व्याकुल होकर वह एक दिन अपने बुढ़ापे पर रो रहा था कि एक केकड़ा उधर आया। उसने बगुले को निरन्तर आंसू बहाते देखा तो कहा मामा! आज तुम पहले की तरह आनन्द से भोजन नहीं कर रहे और आंखों से आंसू बहाते हुए बैठे हो, इसका क्या कारण है?

बगुले ने कहा–मित्र! तुम ठीक कहते हो। मुझे मछलियों को भोजन बनाने से विरक्ति हो चुकी है। आजकल अनशन कर रहा हूं। इसी से मैं पास में आई मछलियों को भी नहीं पकड़ता।

केकड़े ने यह सुनकर पूछा–मामा! इस वैराग्य का कारण क्या है?

बगुला–मित्र! बात यह है कि मैंने इस तालाब में जन्म लिया, बचपन से यहीं रहा हूं और यहीं मेरी उम्र गुजरी है। इस तालाब और तालाबवासियों से मेरा प्रेम है, किन्तु मैंने सुना है कि अब बड़ा भारी अकाल पड़ने वाला है। बारह वर्षों तक वर्षा नहीं होगी।

केकड़ा–किससे सुना है?

बगुला–एक ज्योतिषी से सुना है। यह शनिश्चर जब शकटाकार रोहिणी तारकमंडल को खंडित करके शुक्र के साथ एक राशि में जाएगा, तब बारह वर्ष तक वर्षा नहीं होगी। पृथ्वी पर पाप फैल जाएगा। माता–पिता अपनी संतान का भक्षण करने लगेंगे। इस तालाब में पहले ही पानी कम है। यह बहुत जल्दी सूख जाएगा। इसके सूखने पर मेरे सब बचपन के साथी, जिनके बीच में इतना बड़ा हुआ हूं, मर जाएंगे। उनके वियोग, दुःख की कल्पना से ही मैं इतना रो रहा हूं। इसीलिए मैंने अनशन किया है। दूसरे जलाशयों से सभी जलचर अपने छोटे–छोटे

तालाब छोड़कर बड़ी-बड़ी झीलों में चले जा रहे हैं। बड़े-बड़े जलचर तो स्वयं ही चले जाते हैं, छोटे के लिए कठिनाई है। दुर्भाग्य से इस जलाशय के जलचर बिल्कुल निश्चिन्त बैठे हैं, मानो कुछ होने वाला ही नहीं है। उनके लिए ही मैं रो रहा हूं, उनका वंश नाश हो जाएगा।

केकड़े ने बगुले के मुख से यह बात सुनकर अन्य सब मछलियों को भी भावी दुर्घटना की सूचना दे दी। सूचना पाकर जलाशय के सभी जलचरों, मछलियों, कछुओं आदि ने बगुले को घेरकर पूछना शुरू कर दिया—मामा, क्या किसी उपाय से हमारी रक्षा हो सकती है?

बगुला बोला—यहां से थोड़ी दूर पर एक प्रचुर जल से भरा जलाशय है। वह इतना बड़ा है कि चौबीस वर्ष सूखा पड़ने पर भी न सूखे। तुम यदि मेरी पीठ पर चढ़ जाओगे तो तुम्हें वहां ले चलूंगा।

यह सुनकर सभी मछलियों, कछुओं और अन्य जलजीवों ने बगुले को 'भाई', 'मामा', 'चाचा' पुकारते हुए चारों ओर से घेर लिया और चिल्लाना शुरू कर दिया—'पहले मुझे', 'पहले मुझे'।

वह दुष्ट सबको बारी-बारी से अपनी पीठ पर बिठाकर जलाशय से कुछ दूर ले जाता और वहां एक शिला पर उन्हें पटक-पटककर मार देता था। कुछ दिन बाद केकड़े ने बगुले से कहा—मामा! मेरी तुमसे पहले-पहल भेंट हुई थी, फिर भी आज तक तुम मुझे नहीं ले गए। अब प्रायः सभी नए जलाशय तक पहुंच चुके हैं, आज मेरा भी उद्धार कर दो।

केकड़े की बात सुनकर बगुले ने सोचा, मछलियां खाते-खाते मेरा मन भी अब ऊब गया है। केकड़े का मांस चटनी का काम देगा आज इसका ही आहार करूंगा।

यह सोचकर उसने केकड़े को गर्दन पर बिठा लिया और चल दिया।

केकड़े ने दूर से ही जब एक शिला पर मछलियों की हड्डियों का पहाड़-सा लगा देखा तो वह समझ गया कि यह बगुला किस अभिप्राय से मछलियों को यहां लाता था। फिर भी वह असली बात को छिपाकर

प्रकट में बोला–मामा! वह जलाशय अब कितनी दूर रह गया है? मेरे भार से तुम काफी थक गए होंगे; इसलिए पूछ रहा हूं।

बगुले ने सोचा, अब इसे सच्ची बात कह देने में भी कोई हानि नहीं है, इसलिए वह बोला–केकड़े साहब! दूसरे जलाशय की बात भूल जाओ। यह तो मेरी प्राणयात्रा चल रही थी। अब तेरा भी काल आ गया है। अन्तिम समय में देवता का स्मरण कर ले। इसी शिला पर पटककर तुझे भी मार डालूंगा और खा जाऊंगा।

बगुला अभी यह बात कह ही रहा था कि केकड़े ने अपने तीखे दांत बगुले की नरम, मुलायम गरदन पर गड़ा दिए। बगुला वहीं मर गया। उसकी गरदन कट गई।

केकड़ा मृत बगुले की गदरन लेकर धीरे-धीरे अपने पुराने जलाशय पर ही आ गया। उसे देखकर उसके भाई-बन्दों ने उसे घेर लिया और पूछने लगे–क्या बात है? आज मामा नहीं आए? हम सब उनके साथ जलाशय पर जाने को तैयार बैठे हैं।

केकड़े ने हंसकर उत्तर दिया–मूर्खों! उस बगुले ने सभी मछलियों को यहां से ले जाकर एक शिला पर पटक कर मार दिया। यह कहकर उसने अपने पास से बगुले की कटी हुई गदरन दिखाई और कहा–अब चिन्ता की कोई बात नहीं है, तुम सब यहां आनन्द से रहोगे।

गीदड़ ने जब यह कथा सुनाई तो कौवे ने पूछा–मित्र! उस बगुले की तरह यह सांप भी किसी तरह मर सकता है?

गीदड़–एक काम करो। तुम नगर के राजमहल में चले जाओ। वहां से रानी का कंठहार उठाकर सांप के बिल के पास रख दो। राजा के सैनिक कंठहार की खोज में आएंगे और सांप को मार देंगे।

दूसरे ही दिन कौवी राजमहल के अन्त:पुर में जाकर एक कंठहार उठा लाई। राजा ने सिपाहियों को उस कौवी का पीछा करने का आदेश दिया। कौवी ने वह कंठहार सांप के बिल के पास रख दिया। सांप ने उस हार को देखकर उस पर अपना फन फैला दिया था। सिपाहियों ने सांप को लाठियों से मार दिया और कंठहार ले लिया।

उस दिन के बाद कौवा–कौवी की सन्तान को किसी सांप ने नहीं खाया। तभी मैं कहता हूं कि उपाय से ही शत्रु को वश में कर लेना चाहिए।

दमनक ने फिर कहा–सच तो यह है कि बुद्धि का स्थान बल से बहुत ऊंचा है। जिसके पास बुद्धि है, वह बली है। निर्बुद्धिमान का बल भी व्यर्थ है। बुद्धिमान निर्बुद्धि को उसी तरह हरा देते हैं, जैसे खरगोश ने शेर को हरा दिया था।

करटक ने पूछा–कैसे?

दमनक ने तब 'शेर–खरगोश की कथा' सुनाई :

सबसे बड़ा बुद्धि–बल

एक जंगल में भासुरक नाम का शेर रहता था। बहुत बलशाली होने के कारण वह प्रतिदिन जंगल के मृग, खरगोश, हिरन, रीछ, चीता आदि पशुओं को मारा करता था।

एक दिन जंगल के सभी जानवरों ने मिलकर सभा की और निश्चय किया कि भासुरक शेर से प्रार्थना की जाए कि वह अपने भोजन के लिए प्रतिदिन एक पशु से अधिक की हत्या न किया करे। इस निश्चय को शेर तक पहुंचाने के लिए पशुओं के प्रतिनिधि शेर से मिले। उन्होंने शेर से निवेदन किया कि उसे रोज एक पशु बिना शिकार के मिल जाया करेगा, इसलिए वह अनगिनत पशुओं का शिकार न किया करे! शेर यह बात मान गया। दोनों ने प्रतिज्ञा की कि वे अपने वचनों का पालन करेंगे।

उस दिन के बाद से वन के अन्य पशु वन में निर्भय घूमने लगे। उन्हें शेर का भय नहीं रहा। शेर को भी घर बैठे एक पशु मिलता रहा। शेर ने यह धमकी दे दी थी कि जिस दिन उसे कोई पशु नहीं मिलेगा, उस दिन वह फिर अपने शिकार पर निकल जाएगा और मनमाने पशुओं की हत्या कर देगा। इस डर से भी सब पशु यथाक्रम एक–एक पशु को शेर के पास भेजते रहे।

इसी क्रम से एक दिन खरगोश की बारी आ गई। खरगोश शेर की मांद की ओर चल पड़ा, किन्तु मृत्यु के भय से उसके पैर नहीं उठते थे। मौत की घड़ियों को कुछ देर और टालने के लिए वह जंगल में इधर-उधर भटकता रहा। एक स्थान पर उसे एक कुआं दिखाई दिया। कुएं में झांककर देखा तो उसे अपनी परछाई दिखाई दी। उसे देखकर उसके मन में एक विचार आया, क्यों न भासुरक को उसके वन में दूसरे शेर के नाम से उसकी परछाई दिखाकर इस कुएं में गिरा दिया जाए?

यही उपाय सोचता-सोचता वह भासुरक शेर के पास बहुत समय बाद पहुंचा। शेर उस समय तक भूखा-प्यासा होंठ चाटता हुआ बैठा था। उसके भोजन की घड़ियां बीत रही थीं। वह सोच ही रहा था कि कुछ देर और कोई पशु न आया तो वह अपने शिकार पर चल पड़ेगा और पशुओं के खून से सारे जंगल को सींच देगा। इसी बीच वह खरगोश उसके पास पहुंच गया और प्रणाम करके बैठ गया।

खरगोश को देखकर शेर ने क्रोध से लाल-लाल आंखें करते हुए गरजकर कहा—खरगोश! एक तो तू इतना छोटा है और फिर इतनी देर लगाकर आया है। आज तुझे मारकर कल मैं जंगल के सारे पशुओं की जान ले लूंगा; वंश-नाश कर दूंगा।

खरगोश ने विनय से सिर झुकाकर उत्तर दिया—स्वामी! आप व्यर्थ क्रोध करते हैं। इसमें न मेरा अपराध है, और न ही अन्य पशुओं का। कुछ फैसला करने से पहले देरी का कारण तो सुन लीजिए।

शेर—जो कुछ कहना है, जल्दी कह। मैं बहुत भूखा हूं, कहीं तेरे कुछ कहने से पहले ही तुझे अपनी दाढ़ों में न चबा जाऊं।

खरगोश—स्वामी! बात यह है कि सभी पशुओं ने आज सभा करके और यह सोचकर कि मैं बहुत छोटा हूं, मुझे तथा अन्य चार खरगोशों को भोजन के लिए भेजा था। हम पांचों आपके पास आ रहे थे कि मार्ग में कोई दूसरा शेर अपनी गुफा से निकलकर आया और बोला, 'अरे! किधर जा रहे हो तुम सब? अपने देवता का अन्तिम स्मरण कर लो,

मैं तुम्हें मारने आया हूं'।

मैंने उसे कहा, 'हम सब अपने स्वामी भासुरक शेर के पास आहार के लिए जा रहे हैं।' तब वह बोला, 'भासुरक कौन होता है? यह जंगल तो मेरा है। मैं ही तुम्हारा राजा हूं। तुम्हें जो बात कहनी हो मुझसे कहो। भासुरक चोर है। तुममें से चार खरगोश यहीं रह जाएं। एक खरगोश भासुरक के पास जाकर उसे बुला लाए, मैं उससे स्वयं निबट लूंगा। हममें जो शेर अधिक बली होगा, वही इस जंगल का राजा होगा।' अब मैं किसी तरह उससे जान छुड़ाकर आपके पास आया हूं। इसीलिए मुझे देर हो गई। आगे स्वामी की जो इच्छा हो करें।

यह सुनकर भासुरक बोला–ऐसा ही है तो जल्दी से मुझे उस दूसरे शेर के पास ले चल। आज मैं उसका रक्त पीकर ही अपनी भूख मिटाऊंगा। इस जंगल में मैं किसी दूसरे का हस्तक्षेप पसंद नहीं करता।

खरगोश–स्वामी! यह तो सच है कि अपने स्वत्व के लिए युद्ध करना आप जैसे शूरवीरों का धर्म है, किन्तु दूसरा शेर अपने दुर्ग में बैठा है। दुर्ग से बाहर आकर ही उसने हमारा रास्ता रोका था। दुर्ग में रहने वाले शत्रु से शत्रु सौ शत्रुओं के बराबर माना जाता है। दुर्गहीन राजा दन्तहीन सांप और मदहीन हाथी की तरह कमजोर हो जाता है।

भासुरक–तेरी बात ठीक है, किन्तु मैं उस दुर्गस्थ शेर को भी मार डालूंगा। शत्रु को जितनी जल्दी हो नष्ट कर देना चाहिए। मुझे अपने बल पर पूरा भरोसा है। शीघ्र ही उसका नाश न किया गया तो वह बाद में असाध्य रोग की तरह प्रबल हो जाएगा।

खरगोश–यदि स्वामी का यही निर्णय है, तो आप मेरे साथ चलिए।

यह कहकर खरगोश भासुरक शेर को उसी कुएं के पास ले गया, जहां झुककर उसने अपनी परछाई देखी थी। वहां जाकर वह बोला–स्वामी! मैंने जो कहा था वही हुआ। आपको दूर से देखकर ही वह अपने दुर्ग में घुस गया है। आप आइए, मैं आपको उसकी सूरत दिखा दूं।

भासुरक–जरूर! उस नीच को देखकर मैं उसके दुर्ग में ही उससे लड़ूंगा।

खरगोश शेर को कुएं की मेड़ पर ले गया। भासुरक ने झुककर कुएं में अपनी परछाई देखी तो समझा कि यही दूसरा शेर है। तब जोर से गरजा। उसकी गरज के उत्तर में कुएं से दोगुनी गूँज पैदा हुई। उस गूंज को प्रतिपक्षी शेर की ललकार समझकर भासुरक उसी क्षण कुएं में कूद पड़ा, और वहीं पानी में डूबकर प्राण दे दिए।

खरगोश ने अपनी बुद्धिमता से शेर को हरा दिया। वहां से लौटकर वह पशुओं की सभा में गया। उसकी चतुराई सुनकर और शेर की मौत का समाचार सुनकर सब जानवर खुशी से नाच उठे।

इसीलिए मैं कहता हूं कि 'बली वही है, जिसके पास बुद्धि का बल है।'

दमनक ने कहानी सुनने के बाद करटक से कहा–तेरी सलाह हो तो मैं भी अपनी बुद्धि से उनमें फूट डलवा दूं। अपनी प्रभुता जमाने का यही मार्ग है। मैत्री-भेद किए बिना काम नहीं चलेगा।

करटक–मेरी भी यही राय है। तू उनमें भेद कराने का यत्न कर। ईश्वर करे तुझे सफलता मिले।

वहां से चलकर दमनक पिंगलक के पास आया। उस समय पिंगलक के पास संजीवक नहीं बैठा था। पिंगलक ने दमनक को बैठने का इशारा करते हुए कहा–कहो दमनक! बहुत दिनों बाद दर्शन दिए!

दमनक–स्वामी! आपको अब हमसे कुछ प्रयोजन ही नहीं रहा तो आने का क्या लाभ? फिर भी आपके हित की बात कहने को आपके पास आ जाता हूं। हित की बात बिना पूछे ही कह देनी चाहिए।

पिंगलक–जो कहना हो, निर्भय होकर कहो। मैं अभय-वचन देता हूं।

दमनक–स्वामी! संजीवक आपका मित्र नहीं बैरी है। एक दिन उसने मुझे एकान्त में कहा था कि पिंगलक का बल मैंने देख लिया,

उसमें विशेष सार नहीं है। उसको मारकर मैं तुझे मंत्री बनाकर सब पशुओं पर राज्य करूंगा।

दमनक के मुख से उन वज्र की तरह कठोर शब्दों को सुनकर पिंगलक ऐसा चुप रह गया मानो मूर्च्छा आ गई। दमनक ने जब पिंगलक की यह अवस्था देखी तो सोचा, पिंगलक का संजीवक से प्रगाढ़ स्नेह है, संजीवक ने इसे वश में कर रखा है। जो राजा इस तरह मंत्री के वश में हो जाता है वह नष्ट हो जाता है। यह सोचकर उसने पिंगलक के मन में संजीवक का जादू मिटाने का निश्चय और भी पक्का कर लिया।

पिंगलक ने थोड़ा होश में आकर किसी तरह धैर्य धारण करते हुए कहा–दमनक! संजीवक तो हमारा बहुत ही विश्वासपात्र नौकर है। उसके मन में मेरे लिए बैर-भावना नहीं हो सकती।

दकनक–स्वामी! आज जो विश्वासपात्र है, वही कल विश्वासघातक बन जाता है। राज्य का लोभ किसी के भी मन को चंचल बना सकता है। इसमें अनहोनी की कोई बात नहीं।

पिंगलक–दमनक! फिर भी मेरे मन में संजीवक के लिए द्वेष-भावना नहीं उठी। अनेक दोष होने पर भी प्रियजनों को छोड़ा नहीं जाता। जो प्रिय है, वह प्रिय ही रहता है।

दमनक–यही तो राज्य-संचालन के लिए बुरा है। जिसे भी आप स्नेह का पात्र बनाएंगे वही आपका प्रिय हो जाएगा। इसमें संजीवक की कोई विशेषता नहीं, विशेषता तो आपकी है। आपने उसे अपना प्रिय बना लिया, तो वह बन गया, अन्यथा उसमें गुण ही कौन-सा है? आप यह समझते हैं कि उसका शरीर बहुत भारी है और शत्रु-संहार में सहायक होगा, तो यह आपकी भूल है। वह तो घास-पात खाने वाला जीव है; आपके शत्रु तो सभी मांसाहारी हैं, अतः उसकी सहायता से शत्रु-नाश नहीं हो सकता। आज वह आपको धोखे से मारकर राज्य करना चाहता है। अच्छा है कि उसका षड्यंत्र पकड़ने से पहले ही उसको मार दिया जाए।

पिंगलक–दमनक! जिसे हमने पहले गुणी मानकर अपनाया है, उसे

राजसभा में आज निर्गुण कैसे कह सकते हैं? फिर तेरे कहने से ही तो मैंने उसे अभय-वचन दिया था। मेरा मन कहता है कि संजीवक मेरा मित्र है, मुझे उसके प्रति कोई क्रोध नहीं है। यदि उसके मन में बैर आ गया है तो भी मैं उसके प्रति बैर-भावना नहीं रखता। अपने हाथों लगाया विष वृक्ष-भी अपने हाथों नहीं काटा जाता।

दमनक–स्वामी! यह आपकी भावुकता है। राजधर्म इसका आदेश नहीं देता। बैर-बुद्धि रखने वाले को क्षमा करना राजनीति की दृष्टि से मूर्खता है। आपने उसकी मित्रता के वश में आकर सारा राजधर्म भुला दिया है। आपके राजधर्म से च्युत होने के कारण ही जंगल के अन्य पशु आपसे विरक्त हो गए हैं। सच तो यह है कि आपमें और संजीवक में मैत्री होना स्वाभाविक ही नहीं है। आप मांसाहारी हैं, वह निरामिषभोजी। यदि आप उस घास-पात खाने वाले को अपना मित्र बनाएंगे, तो अन्य पशु आपका सहयोग करना बन्द कर देंगे। यह भी आपके राज्य के लिए बुरा होगा। उसके संग से आपकी प्रकृति में भी वे दुर्गुण आ जाएंगे जो शाकाहारियों में होते हैं। शिकार से आपको अरुचि हो जाएगी। आपका सहवास अपनी प्रकृति के पशुओं से ही होना चाहिए। इसीलिए साधु लोग नीच का संग छोड़ देते हैं। संगदोष से ही खटमल की तीव्र गति के कारण मन्दविसर्पिणी जूं को मरना पड़ा था।

पिंगलक ने पूछा–यह कथा कैसी है?

दमनक ने कहा–सुनिए।

कुसंग का फल

एक राजा के शयनगृह में शय्या पर बिछी सफेद चादरों के बीच एक मन्दविसर्पिणी सफेद जूं रहती थी। एक दिन इधर-उधर घूमता हुआ एक खटमल वहां आ गया उस खटमल का नाम था अग्निमुख।

अग्निमुख को देखकर दुःखी जूं ने कहा–हे अग्निमुख! तू यहां अनुचित स्थान पर आ गया है। इससे पूर्व कि कोई आकर तुझे देखे, यहां से भाग जा।

खटमल बोला–भगवती! घर आए दुष्ट व्यक्ति का भी इतना अनादर नहीं किया जाता, जितना तू मेरा कर रही है। उससे भी कुशलक्षेम पूछा जाता है। घर बनाकर बैठने वालों का यही धर्म है। मैंने आज तक अनेक प्रकार कटु–तिक्त कषायअम्ल रस का खून पिया है, कभी मीठा खून नहीं पिया। आज इस राजा के मीठे खून का स्वाद लेने दे।

जूं बोली–अग्निमुख! मैं राजा के सो जाने के बाद उसका खून पीती हूं। तू बड़ा चंचल है, कहीं मुझसे पहले ही तूने खून पीना शुरू कर दिया तो दोनों ही मारे जाएंगे। हां मेरे पीछे रक्तपान करने की प्रतिज्ञा करे, तो एक रात भले ही ठहर जा।

खटमल बोला–भगवती! मुझे स्वीकार है। मैं तब तक रक्त नहीं पीऊंगा जब तक तू नहीं पी लेगी। वचन–भंग करूं तो मुझे देव–गुरु का शाप लगे।

इतने में राजा ने चादर ओढ़ ली। दीपक बुझा दिया। खटमल बड़ा चंचल था। उसकी जीभ से पानी निकल रहा था। मीठे खून के लालच से उसने जूं के रक्तपान से पहले ही राजा को काट लिया। जिसका जो स्वभाव हो, वह उपदेशों से नहीं छूटता। अग्नि अपनी जलन और पानी अपनी शीतलता के स्वभाव को कहां छोड़ सकता है? माटी जीव भी अपने स्वभाव के विरुद्ध नहीं जा सकते।

अग्निमुख के पैने दांतों ने राजा को तड़पाकर उठा दिया। पलंग से नीचे कूदकर राजा ने सन्तरी से कहा–देखो, इस शय्या में खटमल या जूं अवश्य है। इन्हीं में से किसी ने मुझे काटा है। सन्तरियों ने दीपक जलाकर चादर की तहें देखनी शुरू कर दीं। इस बीच खटमल जल्दी से भागकर पलंग के पावों के जोड़ में जा छिपा। मन्दविसर्पिणी जूं चादर की तह में ही छिपी थी। सन्तरियों ने उसे देखकर पकड़ लिया और मसल डाला।

दमनक शेर से बोला–इसीलिए मैं कहता हूं कि संजीवक को मार दें, अन्यथा वह आपको मार देगा, अथवा उसकी संगति से आप जब

स्वभाव-विरुद्ध काम करेंगे, अपनों को छोड़कर परायों को अपनाएंगे, तो आप पर वही आपत्ति आ जाएगी जो चंडरव पर आई थी।

पिंगलक ने पूछा–कैसे?

दमनक ने कहा–सुनो।

रंगा सियार

एक दिन जंगल में रहने वाला चंडरव नाम का गीदड़ भूख से तड़पता हुआ लोभ-वश नगर में भूख मिटाने के लिए आ पहुंचा।

उसके नगर में प्रवेश करते ही नगर के कुत्तों ने भौंकते-भौंकते उसे घेर लिया और नोचकर खाने लगे। कुत्तों से किसी तरह जान बचाकर चंडरव भागा। भागते-भागते जो भी दरवाजा पहले मिला उसी में घुस गया। वह एक धोबी के मकान का दरवाजा था। मकान के अन्दर एक बड़ी कड़ाही में धोबी ने नील घोलकर नीला पानी बनाया हुआ था। कड़ाही नीले पानी से भरी थी। गीदड़ जब डरा हुआ अन्दर घुसा, तो अचानक उस कड़ाही में जा गिरा। वहां से निकला तो उसका रंग बदला हुआ था। अब वह बिल्कुल नीले रंग का हो गया। नीले रंग में रंगा हुआ चंडरव जल वन में पहुंचा, तो सभी पशु उसे देखकर चकित रह गए। वैसे रंग का जानवर उन्होंने आज तक नहीं देखा था।

उसे विचित्र जीव समझकर शेर, बाघ, चीते भी डर-डरकर जंगल से भागने लगे। सबने सोचा, न जाने इस विचित्र पशु में कितना सामर्थ्य हो। इससे डरना ही अच्छा है।

चंडरव ने जब सब पशुओं को डरकर भागते देखा, तो उन्हें बुलाकर बोला–पशुओ! मुझसे डरते क्यों हो? मैं तुम्हारी रक्षा के लिए यहां आया हूं। त्रिलोक के राजा ब्रह्मा ने मुझे आज ही कहा था कि आजकल चौपायों का कोई राजा नहीं है। सिंह, मृग आदि सब राजाहीन हैं। आज मैं तुझे उन सबका राजा बनाकर भेजता हूं। तू वहां जाकर सबकी रक्षा कर। इसीलिए मैं यहां आ गया हूं। मेरी छत्रछाया में सब पशु आनन्द से

रहेंगे। मेरा नाम ककुदद्रुम राजा है।

यह सुनकर शेर, बाघ आदि पशुओं ने चंडरव को राजा मान लिया और बोले–स्वामी! हम आपके दास हैं, आज्ञापालक हैं। आगे से आपकी आज्ञा का ही पालन करेंगे।

चंडरव ने राजा बनने के बाद शेर को अपना प्रधानमंत्री बनाया, बाघ को नगर-रक्षक और भेड़िये को सन्तरी बनाया। अपने आत्मीय गीदड़ों को जंगल से बाहर निकाल दिया। उनसे बात भी नहीं की। उसके राज्य में शेर आदि जीव छोटे-छोटे जानवरों को मारकर चंडरव को भेंट करते थे। चंडरव उनमें से कुछ भाग खाकर शेष अपने नौकर-चाकरों में बांट देता था।

कुछ दिन तो उसका राज्य बड़ी शान्ति से चलता रहा, किन्तु एक दिन बड़ा अनर्थ हो गया।

उस दिन चंडरव को दूर से गीदड़ों की किलकारियां सुनाई दीं। उन्हें सुनकर चंडरव का रोम-रोम खिल उठा। खुशी में पागल होकर वह भी किलकारियां मारने लगा।

शेर-बाघ आदि पशुओं ने जब उसकी किलकारियां सुनीं, तो वे समझ गए कि यह चंडरव ब्रह्मा का दूत नहीं, बल्कि मामूली गीदड़ है। अपनी मूर्खता पर लज्जा से सिर झुकाकर वे आपस में सलाह करने लगे–इस गीदड़ ने हमें खूब मूर्ख बनाया! इसे इसका दंड दो, इसे मार डालो।

चंडरव ने शेर-बाघ आदि की बात सुन ली। वह भी समझ गया कि अब उसकी पोल खुल गई है। अब जान बचानी कठिन है। इसलिए वह वहां से भागा, किन्तु शेर के पंजे से भागकर कहां जाता? एक ही छलांग में शेर ने उसे दबोच कर खंड-खंड कर दिया।

इसीलिए मैं कहता हूं कि जो आत्मीयों को दुत्कार कर परायों को अपनाता है, उसका नाश हो जाता है।

दमनक की बात सुनकर पिंगलक ने कहा–दमनक! अपनी बात को तुम्हें प्रमाणित करना होगा। इसका क्या प्रमाण है कि संजीवक मुझे

द्वेष-भाव से देखता है?

दमनक–इसका प्रमाण आप स्वयं अपनी आंखों से देख लेना। आज सुबह ही उसने मुझसे यह भेद प्रकट किया है कि कल वह आपका वध करेगा। कल यदि आप उसे अपने दरबार में लड़ाई के लिए तैयार देखें, उसकी आंखें लाल हों, होंठ फड़कते हों, एक ओर बैठकर आपको क्रूर-वक्र दृष्टि से देख रहा हो, तब आपको मेरी बात पर स्वयं विश्वास हो जाएगा।

शेर पिंगलक को संजीवक बैल के विरुद्ध उकसाने के बाद दमनक संजीवक के पास आया। संजीवक ने जब उसे घबराए हुए आते देखा तो पूछा–मित्र! स्वागत हो। क्या बात है? बहुत दिन बाद आए? कुशल तो है?

दमनक–राजसेवकों के कुशल का क्या पूछना? उनका चित सदा अशान्त रहता है। स्वेच्छा से वे कुछ भी नहीं कर सकते, निःशंक होकर एक शब्द भी नहीं बोल सकते। इसलिए सेवावृत्ति को सब वृत्तियों से अधम कहा जाता है।

संजीवक–मित्र! आज तुम्हारे मन में कोई विशेष बात कहने को है, वह निश्चिन्त होकर कहो। साधारणतया राज सचिवों को सब कुछ गुप्त रखना चाहिए, किन्तु मेरे-तुम्हारे बीच कोई पर्दा नहीं है। तुम बेखटके अपने दिल की बात मुझसे कह सकते हो।

दमनक–आपने अभय-वचन दिया है, इसलिए मैं कह देता हूं। बात यह है कि पिंगलक के मन में आपके प्रति पाप-भावना आ गई है। आज उसने मुझे बिल्कुल एकान्त में बुलाकर कहा है कि कल सुबह ही वह आपको मार कर अन्य मांसाहारी जीवों की भूख मिटाएगा।

दमनक की बात सुनकर संजीवक देर तक हतप्रभ-सा रहा, मूर्च्छा-सी छा गई उसके शरीर में। कुछ चेतना आने के बाद तीव्र वैराग्य-भरे शब्दों में बोला–राजसेवा सचमुच बड़ा धोखे का काम है। राजाओं के दिल होता ही नहीं। मैंने भी शेर से मैत्री करके मूर्खता की। समान बल-शील वालों में मैत्री होती है, समान शीलव्यसन वाले ही

सखा बन सकते हैं। अब यदि मैं उसे प्रसन्न करने की चेष्टा करूंगा तो भी व्यर्थ है, क्योंकि जो किसी कारणवश क्रोध करे, उसका क्रोध उस कारण के दूर होने पर दूर किया जा सकता है, लेकिन जो अकारण ही कुपित हो, उसका कोई उपाय नहीं है। निश्चय ही पिंगलक के पास रहने वाले जीवों ने ईर्ष्यावश उसे मेरे विरुद्ध उकसा दिया। सेवकों में प्रभु की प्रसन्नता पाने की होड़ लगी ही रहती है। वे एक-दूसरे की वृद्धि सहन नहीं करते।

दमनक–मित्रवर! यदि यही बात है, तो मीठी बातों से अब राजा पिंगलक को प्रसन्न किया जा सकता है। वही उपाय करो।

संजीवक–नहीं दमनक! यह उपाय सच्चा उपाय नहीं है। एक बार तो मैं राजा को प्रसन्न कर लूंगा, किन्तु उसके पास वाले कपटी लोग फिर किन्हीं दूसरे झूठे बहानों से उसके मन में मेरे लिए जहर भर देंगे और मेरे वध का उपाय करेंगे, जिस तरह गीदड़ और कौवे ने मिलकर ऊंट को शेर के हाथों मरवा दिया था।

दमनक ने पूछा–किस तरह?

संजीवक ने तब ऊंट, कौवे और शेर की यह कहानी सुनाई :

फूंक-फूंककर पग धरो

एक जंगल में मदोत्कट नाम का शेर रहता था। उसके नौकर-चाकरों में कौवा, गीदड़ बाघ, चीता आदि अनेक पशु थे। एक दिन वन में घूमते-घूमते एक ऊंट वहां आ गया। शेर ने ऊंट को देखकर अपने नौकरों से पूछा–यह कौन-सा पशु है जंगली है या ग्राम्य?

कौवे ने शेर के प्रश्न का उत्तर देते हुए कहा–स्वामी! यह पशु ग्राम्य है और आपका भोज्य है। आप इसे खाकर भूख मिटा सकते हैं।

शेर ने कहा–नहीं, यह हमारा अतिथि है; घर आए मेहमान को मारना उचित नहीं। शत्रु भी अगर घर आए, तो उसे नहीं मारना चाहिए, फिर, यह तो हम पर विश्वास करके हमारे घर आया है। इसे मारना पाप है। इसे अभय दान देकर मेरे पास लाओ। मैं इससे वन में आने का प्रयोजन पूछूंगा।

शेर की आज्ञा सुनकर अन्य पशु ऊंट को, जिसका नाम क्रथनक था, शेर के दरबार में लाए। ऊंट ने अपनी दु:ख-भरी कहानी सुनाते हुए बतलाया कि वह अपने साथियों से बिछुड़कर जंगल में अकेला रह गया है। शेर ने उसे धीरज बंधाते हुए कहा–अब तुझे ग्राम में जाकर भार ढोने की कोई आवश्यकता नहीं है। जंगल में रहकर हरी-हरी घास से सानन्द पेट भरो और स्वतंत्रतापूर्वक खेलो-कूदो।

शेर का आश्वासन मिलने के बाद ऊंट उस जंगल में आनन्द से रहने लगा।

कुछ दिन बाद उस वन में एक मतवाला हाथी आ गया। मतवाले हाथी से अपने अनुचर पशुओं की रक्षा करने के लिए शेर को हाथी से युद्ध करना पड़ा। युद्ध में जीत तो शेर की ही हुई, किन्तु हाथी ने भी जब एक बार शेर को सूंड में लपेटकर घुमाया, तो उसका अस्थि-पिंजर हिल गया। हाथी का एक दांत भी शेर की पीठ में चुभ गया था। इस युद्ध के बाद शेर बहुत घायल हो गया था, और नए शिकार के योग्य नहीं रहा था। शिकार के अभाव में उसे बहुत दिन से भोजन नहीं मिला था। उसके अनुचर भी, जो शेर के बचे-खुचे भोजन से ही पेट पालते थे, कई दिनों से भूखे थे।

एक दिन उन सबको बुलाकर शेर ने कहा–मित्रों! मैं बहुत घायल हो गया हूं, फिर भी यदि कोई शिकार तुम मेरे पास तक ले आओ, तो मैं उसको मारकर तुम्हारे पेट भरने योग्य मांस अवश्य तुम्हें दे दूंगा।

शेर की बात सुनकर चारों अनुचर शिकार की खोज में लग गए, किन्तु कोई फल न निकला। तब कौवे और गीदड़ में मंत्रणा हुई। गीदड़ बोला–काकराज! अब इधर-उधर भटकने का क्या लाभ? क्यों न इस ऊंट क्रथनक को मारकर ही भूख मिटाएं?

कौवा बोला–तुम्हारी बात तो ठीक है, किन्तु स्वामी ने उसे अभय-वचन दिया हुआ है।

गीदड़–मैं ऐसा उपाय करूंगा, जिससे स्वामी उसे मारने को तैयार

हो जाएं। आप यहीं रहें, मैं स्वयं जाकर स्वामी से निवेदन करता हूं।

गीदड़ ने तब शेर के पास जाकर कहा–स्वामी! हमने सारा जंगल छान मारा है किन्तु कोई भी पशु हाथ नहीं आया। अब तो हम सभी इतने भूखे-प्यासे हो गए हैं कि एक कदम आगे नहीं चला जाता। आपकी दशा भी ऐसी ही है। आज्ञा दें, तो क्रथनक को ही मारकर उससे भूख शान्त की जाए।

गीदड़ की बात सुनकर शेर ने क्रोध से कहा–पापी! आगे यह बात मुख से निकाली तो उसी क्षण तेरे प्राण ले लूंगा। जानता नहीं कि उसे मैंने अभय-वचन दिया है?

गीदड़–स्वामी! मैं आपको वचन-भंग करने के लिए नहीं कह रहा। आप उसका स्वयं वध न कीजिए, किन्तु यदि वही स्वयं आपकी सेवा में प्राणों की भेंट लेकर आए तब तो उसके वध में कोई दोष नहीं है। यदि वह ऐसा नहीं करेगा, तो हम में से सभी आपकी सेवा में अपने शरीर की भेंट लेकर आपकी भूख शान्त करने के लिए आएंगे। जो प्राण स्वामी के काम न आएं, उनका क्या उपयोग? स्वामी के नष्ट होने पर अनुचर स्वयं नष्ट हो जाते हैं। स्वामी की रक्षा करना उनका धर्म है।

मदोत्कट–यदि तुम्हारा यही विश्वास है, तो मुझे इससे कोई आपत्ति नहीं है।

शेर से आश्वासन पाकर गीदड़ अपने अन्य अनुचर साथियों के पास आया और उन्हें लेकर फिर शेर के सामने उपस्थित हो गया। वे सब अपने शरीर के दान से स्वामी की भूख शान्त करने आए थे। गीदड़ उन्हें यह वचन देकर लाया था कि शेर शेष सब पशुओं को छोड़कर ऊंट को ही मारेगा।

सबसे पहले कौवे ने शेर के सामने कहा–स्वामी! मुझे खाकर अपनी जान बचाइए जिससे मुझे स्वर्ग मिले। स्वामी के लिए प्राण देने वाला स्वर्ग जाता है, वह अमर हो जाता है।

गीदड़ ने कौवे को कहा–अरे कौवे, तू इतना छोटा है कि तेरे खाने

से स्वामी की भूख बिल्कुल शांत नहीं होगी। तेरे शरीर में मांस ही कितना है जो कोई खाएगा? मैं अपना शरीर स्वामी को अर्पण करता हूं।

गीदड़ ने जब अपना शरीर भेंट किया, तो बाघ ने उसे हटाते हुए कहा–तू भी बहुत छोटा है। तेरे नख इतने बड़े और विषैले हैं कि जो खाएगा, उसे जहर चढ़ जाएगा। इसलिए तू अभक्ष्य है। मैं अपने को स्वामी को अर्पण करूंगा। मुझे खाकर वे अपनी भूख शांत करें।

उसे देखकर क्रथनक ने सोचा कि वह भी अपने शरीर को अर्पण कर दे। जिन्होंने ऐसा किया था, उनमें से किसी को भी शेर ने नहीं मारा था, इसलिए उसे भी मरने का डर नहीं रहा था। यही सोचकर क्रथनक ने भी आगे बढ़कर बाघ को एक ओर हटा दिया और अपने शरीर को शेर को अर्पण किया।

तब शेर का इशारा पाकर गीदड़, चीता, बाघ आदि पशु ऊंट पर टूट पड़े और उसका पेट फाड़ डाला। सबने उसके मांस से अपनी भूख शांत की।

संजीवक ने दमनक से कहा–तभी मैं कहता हूं कि छल-कपट से भरे वचन सुनकर किसी को उन पर विश्वास नहीं करना चाहिए, और यह कि राजा के अनुचर जिसे मरवाना चाहें उसे किसी-न-किसी उपाय से मरवा ही देते हैं। निस्संदेह किसी नीच ने मेरे विरुद्ध राजा पिंगलक को उकसा दिया है। अब दमनक भाई! मैं एक मित्र के नाते तुझसे पूछता हूं कि मुझे क्या करना चाहिए?

दमनक–मैं तो समझता हूं कि ऐसे स्वामी की सेवा का कोई लाभ नहीं। अच्छा है कि तुम यहां से जाकर किसी दूसरे देश में घर बनाओ। ऐसी उलटी राह पर चलने वाले स्वामी का परित्याग करना ही अच्छा है।

संजीवक–दूर जाकर भी अब छुटकारा नहीं है। बड़े लोगों से शत्रुता लेकर कोई शान्ति से नहीं बैठ सकता। अब तो युद्ध करना ही ठीक जंचता है। युद्ध में एक बार ही मौत मिलती है, किन्तु शत्रु से डरकर

भागने वाला तो प्रतिक्षण चिन्तित रहता है। उस चिन्ता से एक बार की मृत्यु कहीं अच्छी है।

दमनक ने जब संजीवक को युद्ध करने के लिए तैयार देखा तो वह सोचने लगा, कहीं ऐसा न हो कि यह अपने पैने सींगों से स्वामी पिंगलक का पेट फाड़ दे। ऐसा हो गया, तो महान अनर्थ हो जाएगा। इसलिए वह फिर संजीवक को देश छोड़कर जाने के लिए प्रेरित करता हुआ बोला–मित्र! तुम्हारा कहना भी सच है।

किन्तु स्वामी और नौकर के युद्ध से क्या लाभ? विपक्षी बलवान हो तो क्रोध को पी जाना ही बुद्धिमत्ता है। बलवान से लड़ना अच्छा नहीं, अन्यथा उसकी वही गति होती है, जो टिटिहरे से लड़कर समुद्र की हुई थी।

संजीवक ने पूछा–कैसे?

दमनक ने तब टिटिहरे की यह कथा सुनाई :

घड़े-पत्थर का न्याय

समुद्र-तट के एक भाग में एक टिटिहरी का जोड़ा रहता था। अंडे देने से पहले टिटिहरी ने अपने पति को किसी सुरक्षित प्रदेश में खोज करने के लिए कहा। टिटिहरे ने कहा–यहां सभी स्थान पर्याप्त सुरक्षित हैं, तू चिन्ता न कर।

टिटिहरी–समुद्र में जब ज्वार आता है जो उसकी लहरें मतवाले हाथी को भी खींचकर ले जाती हैं, इसलिए हमें इन लहरों से दूर कोई स्थान देख लेना चाहिए।

टिटिहरा–समुद्र इतना दुस्साहसी नहीं है कि वह मेरी सन्तान को हानि पहुंचाए। वह मुझसे डरता है। इसलिए तू निःशंक होकर यहीं तट पर अंडे दे दे।

समुद्र ने टिटिहरे की ये बातें सुन लीं। उसने सोचा, यह टिटिहरा

बहुत अभिमानी है। आकाश की ओर टांगें करके भी यह इसीलिए सोता है कि टांगों पर गिरते हुए आकाश को थाम लेगा। इसका अभिमान भंग होना चाहिए। यह सोचकर उसने ज्वार आने पर टिटिहरी के अंडों को लहरों में बहा दिया।

टिटिहरी जब दूसरे दिन आई तो अंडों को बहता देखकर रोती–बिलखती टिटिहरे से बोली–मूर्ख! पहले ही कहा था कि समुद्र की लहरें इन्हें बहा ले जाएंगी, किन्तु तूने अभिमानवश मेरी बात पर ध्यान नहीं दिया। अपने प्रियजनों के कथन पर भी जो ध्यान नहीं देता उसकी वही दुर्गति होती है जो उस मूर्ख कछुए की हुई थी, जिसने रोकते-रोकते भी मुख खोल दिया था।

टिटिहरी ने तब मूर्ख कछुए की यह कहानी सुनाई :

हितैषी की सीख मानो

एक तालाब में कंबुग्रीव नाम का कछुआ रहता था। उसी तालाब में प्रतिदिन आने वाले दो हंस, जिनका नाम संकट और विकट था, उसके मित्र थे। तीनों में इतना स्नेह था कि रोज शाम होने तक मिलकर बड़े प्रेम से वार्तालाप किया करते थे।

कुछ दिन बाद वर्षा के अभाव में वह तालाब सूखने लगा। हंसों को यह देखकर कछुए से बड़ी सहानुभूति हुई। कछुए ने भी आंखों में आंसू भरकर कहा–अब यह जीवन अधिक दिन का नहीं है। पानी के बिना इस तालाब में मेरा मरण निश्चित है। तुमसे कोई उपाय बन पाए, तो करो। विपत्ति में धैर्य ही काम आता है। यत्न से सब काम सिद्ध हो जाते हैं।

बहुत विचार के बाद यह निश्चय किया गया कि दोनों हंस जंगल से एक बांस की छड़ी लाएंगे। कछुआ उस छड़ी के मध्य भाग को मुख से पकड़ लेगा। हंसों का यह काम होगा कि वे दोनों ओर छड़ी को मजबूती से पकड़ कर दूसरे तालाब के किनारे तक उड़ते हुए पहुँचेंगे।

यह निश्चय होने के बाद दोनों हंसों ने कछुए से कहा–मित्र हम तुझे इस प्रकार उड़ते हुए दूसरे तालाब तक ले जाएंगे, किन्तु एक बात का ध्यान रखना। कहीं बीच में लकड़ी को मत छोड़ देना, नहीं तो गिर जाएगा। कुछ भी हो पूरा मौन बनाए रखना। प्रलोभनों की ओर ध्यान न देना। यह तेरी परीक्षा का मौका है।

हंसों ने लकड़ी को उठा लिया। कछुए ने उस मध्य भाग से दृढ़तापूर्वक पकड़ लिया। इस तरह निश्चित योजना के अनुसार वे आकाश में उड़े जा रहे थे कि कछुए ने नीचे झुककर उन नागरिकों को देखा, जो गरदन उठाकर आकाश में हंसों के बीच किसी चक्राकार वस्तु को उड़ता देखकर कौतूहलवश शोर मचा रहे थे।

उस शोर को सुनकर कम्बुग्रीव से नहीं रहा गया। वह बोल उठा–अरे, यह शोर कैसा है?

यह कहने के लिए मुख खोलने के साथ ही कछुए के मुख से लकड़ी क्री छड़ छूट गई और कछुआ जब नीचे गिरा, तो लोगों ने उसकी बोटी-बोटी कर डाली।

टिटिहरी ने यह कहानी सुनाकर कहा–इसीलिए मैं कहती हूं कि अपने हितचिन्तकों की राय पर न चलने वाला व्यक्ति नष्ट हो जाता है। इसके अतिरिक्त बुद्धिमानों में भी वही बुद्धिमान सफल होते हैं, जो बिना आई विपत्ति का पहले से ही उपाय सोचते हैं और वह भी उसी प्रकार सफल होते हैं, जिनकी बुद्धि तत्काल अपनी रक्षा का उपाय सोच लेती है। पर 'जो होगा, देखा जाएगा' कहने वाले शीघ्र ही नष्ट हो जाते हैं।

टिटिहरे ने पूछा–यह कैसे?

टिटिहरी ने कहा–सुनो।

दूरदर्शी बनो

एक तालाब में तीन मछलियां थीं, अनागतविधाता, प्रत्युत्पन्नमति और यद्‌भविष्य। एक दिन मछियारों ने उन्हें देख लिया और सोचा, इस तालाब में खूब मछलियां हैं। आज तक कभी इसमें जाल भी नहीं डाला

है, इसलिए यहां खूब मछलियां हाथ लगेंगी। उस दिन शाम अधिक हो गई थी, खाने के लिए मछलियां भी पर्याप्त मिल चुकी थी, अतः अगले दिन सुबह ही वहां आने का निश्चय करके वे चले गए।

अनागतविधाता नाम की मछली ने उनकी बात सुनकर सब मछलियों को बुलाया और कहा–आपने उन मछियारों की बात सुन ही ली है। अब रातों-रात ही हमें यह तालाब छोड़कर दूसरे तालाब में चले जाना चाहिए। एक क्षण की भी देर करना उचित नहीं।

प्रत्युत्पन्नमति ने भी उसकी बात का समर्थन किया। उसने कहा–परदेश में जाने का डर प्रायः सबको नपुंसक बना देता है। 'अपने ही कुएं का जल पिएंगे', यह कह कर जो लोग जन्म-भर खारा पानी पीते हैं, वे कायर होते हैं। स्वदेश का यह राग वही गाते हैं, जिनकी कोई और गति नहीं होती।

उन दोनों की बातें सुनकर यद्‌भविष्य नाम की मछली हंस पड़ी उसने कहा–किसी राह-जाते आदमी के वचन-मात्र से डरकर हम अपने पूर्वजों के देश को नहीं छोड़ सकते। दैव अनुकूल होगा, तो हम यहां भी सुरक्षित रहेंगे, प्रतिकूल होगा, तो अन्यत्र जाकर भी किसी के जाल में फंस जाएंगे। मैं तो नहीं जाती, तुम्हें जाना हो तो जाओ।

उसका आग्रह देखकर अनागतविधाता और प्रत्युत्पन्नमति दोनों सपरिवार पास के तालाब में चली गईं। यद्‌भविष्य अपने उसी तालाब में रही। अगले दिन सुबह मछियारों ने उस तालाब में जाल फैलाकर सब मछलियों को पकड़ लिया।

इसलिए मैं कहती हूं कि 'जो होगा देखा जाएगा' की नीति विनाश की ओर ले जाती है। हमें प्रत्येक विपत्ति का उचित उपाय करना चाहिए।

यह बात सुनकर टिटिहरे ने कहा–मैं यद्‌भविष्य जैसा मूर्ख और निष्कर्म नहीं हूं। मेरी बुद्धि का चमत्कार देखती जा। मैं अभी अपनी चोंच से पानी बाहर निकालकर समुद्र को सुखा देता हूं।

टिटिहरी—समुद्र के साथ तेरा बैर तुझे शोभा नहीं देता। इस पर क्रोध करने से क्या लाभ? अपनी शक्ति देखकर हमें किसी से बैर नहीं करना चाहिए, नहीं तो आग में जलने वाले पतंगे जैसी गति होगी।

टिटिहरी फिर भी अपनी चोंच से समुद्र को सुखा डालने की डींगें मारता रहा। तब टिटिहरी ने फिर उसे मना करते हुए कहा कि जिस समुद्र को गंगा-यमुना जैसी सैकड़ों नदियां निरन्तर पानी से भर रही हैं, उसे तू अपनी बूंद-भर उठाने वाली चोंच से कैसे खाली कर देगा?

टिटिहरा तब भी अपने हठ पर तुला रहा। तब टिटिहरी ने कहा—यदि तूने समुद्र को सुखाने का हठ ही कर लिया है तो अन्य पक्षियों की भी सलाह लेकर काम कर। कई बार छोटे-छोटे प्राणी मिलकर अपने से बहुत बड़े जीव को भी हरा देते हैं, जैसे चिड़िया, कठफोड़े और मेढक ने मिलकर हाथी को मार दिया था।

टिटिहरे ने पूछा—कैसे?

टिटिहरी ने तब चिड़िया और हाथी की यह कहानी सुनाई :

एक और एक ग्यारह

जंगल में वृक्ष की एक शाखा पर चिड़ा-चिड़ी का जोड़ा रहता था। उनके अंडे भी उसी शाखा पर बने घोंसले में थे। एक दिन मतवाला हाथी वृक्ष की छाया में विश्राम करने आया। वहां उसने अपनी सूंड से पकड़कर वही शाखा तोड़ दी, जिस पर चिड़ियों का घोंसला था। अंडे जमीन पर गिरकर टूट गए।

चिड़िया अपने अंडों के टूटने से बहुत दुःखी हो गई। उसका विलाप सुनकर उसका मित्र कठफोड़ा भी वहां आ गया। उसने शोकातुर चिड़ा-चिड़ा को धीरज बंधाने का बहुत यत्न किया, किन्तु उनका विलाप शान्त नहीं हुआ। चिड़िया ने कहा—यदि तू हमारा सच्चा मित्र है तो मतवाले हाथी से बदला लेने में हमारी सहायता कर। उसको मारकर ही हमारे मन को शान्ति मिलेगी।

कठफोड़े ने कुछ सोचने के बाद कहा–यह काम हम दोनों का ही नहीं है। इसमें दूसरे से भी सहायता लेनी पड़ेगी। एक मक्खी मेरी मित्र है, उसकी आवाज बड़ी सुरीली है, उसे भी बुला लेता हूं।

मक्खी ने भी जब कठफोड़े और चिड़िया की बात सुनी तो वह मतवाले हाथी को मारने में उनको सहयोग देने को तैयार हो गई, किन्तु उसने भी कहा कि यह काम हम तीन का नहीं, हमें औरों की भी सहायता लेनी चाहिए। मेरा मित्र एक मेढक है, उसे भी बुला लाऊं।

तीनों ने जाकर मेघनाथ नाम के मेढक को अपनी दुःख भरी कहानी सुनाई। मेढक उनकी बात सुनकर मतवाले हाथी के विरुद्ध षड्यन्त्र में शामिल हो गया। उसने कहा–जो उपाय मैं बतलाता हूं, वैसा ही करो तो हाथी अवश्य मर जाएगा। पहले मक्खी हाथी के कान में वीणा–सदृश मीठे स्वर का आलाप करे। हाथी उसे सुनकर इतना मस्त हो जाएगा कि आंखें बन्द कर लेगा। कठफोड़ा उसी समय हाथी की आंखों को चोचें चुभो–चुभोकर फोड़ दे। अंधा होकर हाथी जब पानी की खोज में इधर–उधर भागेगा तो मैं एक गहरे गड्डे के किनारे बैठकर आवाज करूंगा। मेरी आवाज से वह वहां तालाब होने का अनुमान करेगा और उधर ही आएगा। वहां आकर वह गड्डे को तालाब समझकर उसमें उतर जाएगा। उस गड्डे से निकलना उसकी शक्ति से बाहर होगा। देर तक भूखा–प्यासा रहकर वह वहीं मर जाएगा।

अन्त में, मेढक की बात मानकर सब ने मिल–जुलकर हाथी को मार ही डाला।

टिटिहरी ने कहा–तभी तो मैं कहती हूं कि छोटे और निर्बल भी मिल–जुलकर बड़े–बड़े जानवरों को मार सकते हैं।

टिटिहरी–अच्छी बात है। मैं भी दूसरे पक्षियों की सहायता से समुद्र को सुखाने का यत्न करूंगा।

यह कहकर उसने बगुले, सारस, मोर आदि अनेक पक्षियों को बुलाकर अपनी दुःख–कथा सुनाई। उन्होंने कहा–हम तो अशक्त हैं, किन्तु हमारा मित्र गरुड़ अवश्य इस सम्बन्ध में हमारी सहायता कर

सकता है। तब सब पक्षी मिलकर गरुड़ के पास जाकर रोने और चिल्लाने लगे–गरुड़ महाराज! आपके रहते हमारे पक्षिकुल पर समुद्र ने यह अत्याचार कर दिया। हम इसका बदला चाहते हैं। आज उसने टिटिहरी के अंडे नष्ट किए हैं, कल वह दूसरे पक्षियों के अंडों को बहा ले जाएगा। इस अत्याचार की रोकथाम होनी चाहिए, अन्यथा सम्पूर्ण पक्षिकुल नष्ट हो जाएगा।

गरुड़ ने पक्षियों का रोना सुनकर उनकी सहायता करने का निश्चय किया। उसी समय उसके पास भगवान विष्णु का दूत आया। उस दूत द्वारा भगवान विष्णु ने उसे सवारी के लिए बुलाया था। गरुड़ ने दूत से क्रोधपूर्वक कहा कि वह विष्णु भगवान को कह दे कि वह दूसरी सवारी का प्रबन्ध कर लें। दूत ने गरुड़ के क्रोध का कारण पूछा तो गरुड़ ने समुद्र के अत्याचार की कथा सुनाई।

दूत के मुख से गरुड़ के क्रोध की कहानी सुनकर भगवान विष्णु स्वयं गरुड़ के घर गए। वहां पहुंचने पर गरुड़ ने प्रणामपूर्वक विनम्र शब्दों में कहा–

भगवान! आपके आश्रय का अभिमान करके समुद्र ने मेरे साथी पक्षियों के अंडों का अपहरण कर लिया है। इस तरह मुझे भी अपमानित किया है। मैं समुद्र से इस अपमान का बदला लेना चाहता हूं।

भगवान विष्णु बोले-गरुड़! तुम्हारा क्रोध युक्तियुक्त है। समुद्र को ऐसा काम नहीं करना चाहिए था। चलो, मैं अभी समुद्र से उन अंडों को वापस लेकर टिटिहरी को दिलवा देता हूं। उसके बाद हमें अमरावती जाना है।

तब भगवान ने अपने धनुष पर आग्नेय बाण को चढ़ाकर समुद्र से कहा–दुष्ट, अभी उन सब अंडों को वापस दे दे, नहीं तो तुझे क्षण-भर में सुखा दूंगा।

भगवान विष्णु के भय से समुद्र ने उसी क्षण अंडे वापस दे दिए।

दमनक ने इन कथाओं को सुनाने के बाद संजीवक से कहा–इसीलिए

मैं कहता हूं कि शत्रु पक्ष का बल जानकर ही युद्ध के लिए तैयार होना चाहिए।

संजीवक–दमनक! यह बात तो सच है, किन्तु मुझे यह कैसे पता लगेगा कि पिंगलक के मन में मेरे लिए हिंसा के भाव हैं। आज तक वह मुझे सदा स्नेह की दृष्टि से देखता रहा है। उसकी वक्रदृष्टि का मुझे कोई ज्ञान नहीं है। मुझे उसके लक्षण बतला दो तो मैं उन्हें जानकर आत्मरक्षा के लिए तैयार हो जाऊंगा।

दमनक–उन्हें जानना कुछ भी कठिन नहीं है। यदि उसके मन में तुम्हें मारने का पाप होगा तो उसकी आंखें लाल हो जाएंगी, भवें चढ़ जाएंगी और वह होंठों को चाटता हुआ तुम्हारी ओर क्रूर दृष्टि से देखेगा। अच्छा तो यह है कि तुम रातों-रात चुपके से चले ज़ाओ। आगे तुम्हारी इच्छा।

यह कहकर दमनक अपने साथी करटक के पास आया। करटक ने उससे भेंट करते हुए पूछा–कहो, दमनक! कुछ सफलता मिली तुम्हें अपनी योजना में?

दमनक–मैंने तो नीतिपूर्वक जो कुछ भी करना उचित था, कर दिया। आगे सफलता दैव के अधीन है। पुरुषार्थ करने के बाद भी यदि कार्यसिद्धि न हो तो हमारा दोष नहीं।

करटक–तेरी क्या योजना है? किस तरह नीतियुक्त काम किया है तूने? मुझे भी बता।

दमनक–मैंने झूठ बोलकर दोनों को एक-दूसरे का ऐसा बैरी बना दिया है कि वे भविष्य में कभी एक-दूसरे का विश्वास नहीं करेंगे।

करटक–यह तूने अच्छा नहीं किया मित्र! दो स्नेही हृदयों में द्वेष का बीज बोना बुरा काम है।

दमनक–करटक! तू नीति की बातें नहीं जानता, तभी ऐसा कहता है। संजीवक ने हमारे मंत्री पद को हथिया लिया था। वह हमारा शत्रु था। शत्रु को परास्त करने में धर्म-अधर्म नहीं देखा जाता। आत्मरक्षा सबसे

बड़ा धर्म है। स्वार्थ-साधन ही सबसे महान कार्य है। स्वार्थ-साधन करते हुए कपट-नीति से ही काम लेना चाहिए, जैसे चतुरक ने लिया था।

करटक ने पूछा कैसे?

दमनक ने तब चतुरक गीदड़ और शेर की यह कहानी सुनाई :

कुटिल नीति का रहस्य

किसी जंगल में एक वज्रद्रंष्ट्र नाम का शेर रहता था। उसके दो अनुचर, गीदड़ और क्रव्यमुख भेड़िया, हर समय उसके साथ रहते थे। एक दिन शेर ने जंगल में बैठी हुई ऊंटनी को मारा। ऊंटनी के पेट से एक छोटा-सा ऊंट का बच्चा निकला। शेर को उस बच्चे पर दया आई। घर लाकर उसने बच्चे को कहा-अब मुझसे डरने की कोई बात नहीं। मैं तुझे नहीं मारूंगा। तू जंगल में आनन्द से विहार कर। ऊंट के बच्चे के कान शंकु (कील) जैसे थे, इसलिए उसका नाम शेर ने शंकुकर्ण रख दिया। वह भी शेर के अन्य अनुचरों के समान सदा शेर के साथ रहता था। जब वह बड़ा हो गया, तब भी वह शेर का मित्र बना रहा। एक क्षण के लिए भी वह शेर को छोड़कर नहीं जाता था।

एक दिन उस जंगल में एक मतवाला हाथी आ गया। उससे शेर की जबर्दस्त लड़ाई हुई। इस लड़ाई में शेर इतना घायल हो गया कि उसके लिए एक कदम आगे चलना भी भारी हो गया। अपने साथियों से उसने कहा कि तुम कोई ऐसा शिकार ले आओ जिसे मैं यहां बैठा-बैठा ही मार दूं। तीनों साथी शेर की आज्ञानुसार शिकार की तलाश करते रहे, लेकिन बहुत यत्न करने पर भी कोई शिकार हाथ नहीं आया।

चतुरक ने सोचा, यदि शंकुकर्ण को मरवा दिया जाए तो कुछ दिन की निश्चिन्तता हो जाए, किन्तु शेर ने उसे अभय-वचन दिया है, कोई युक्ति ऐसी निकालनी चाहिए कि वह वचन-भंग किए बिना इसे मारने को तैयार हो जाएं।

अन्त में चतुरक ने एक युक्ति सोच ली। शंकुकर्ण से वह

बोला–शंकुकर्ण, मैं तुझे एक बात तेरे लाभ की ही कहता हूं। स्वामी का भी इसमें कल्याण हो जाएगा। हमारा स्वामी शेर कई दिन से भूखा है उसे यदि तू अपना शरीर दे दे तो वह कुछ दिन बाद दोगुना होकर तुझे मिल जाएगा और शेर की भी तृप्ति हो जाएगी

शंकुकर्ण–मित्र! शेर की तृप्ति में तो मेरी प्रसन्नता है। स्वामी को कह दो कि मैं इसके लिए तैयार हूं, किन्तु इस सौदे में धर्म हमारा साक्षी होगा।

इतना निश्चित होने के बाद वे सब शेर के पास गए। चतुरक ने शेर से कहा–स्वामी! शिकार तो कोई भी हाथ नहीं आया। सूर्य भी अस्त हो गया। अब एक ही उपाय है; यदि आप शंकुकर्ण को इस शरीर के बदले द्विगुण शरीर देना स्वीकार करें, तो वह यह शरीर ऋण–रूप में देने को तैयार है।

शेर–मुझे यह व्यवहार स्वीकार है। हम धर्म को साक्षी रखकर यह सौदा करेंगे। शंकुकर्ण अपने शरीर को ऋण–रूप में हमें देगा तो हम उसे बाद में द्विगुण शरीर देंगे।

तब सौदा होने के बाद शेर के इशारे पर गीदड़ और भेड़िये ने ऊंट को मार दिया।

वज्रद्रंष्ट्र शेर ने तब चतुरक से कहा–चतुरक! मैं नदी से स्नान करके आता हूं, तू यहां इसकी रखवाली करना।

शेर के जाने के बाद चतुरक ने सोचा–कोई युक्ति ऐसी होनी चाहिए कि वह अकेला ही ऊंट को खा सके। यह सोचकर वह क्रव्यमुख से बोला–मित्र! तू बहुत भूखा है, इसलिए तू शेर के आने से पहले ही ऊंट को खाना शुरू कर दे। मैं शेर के सामने तेरी निर्दोषता सिद्ध कर दूंगा, चिन्ता न कर।

अभी क्रव्यमुख ने दांत गड़ाए ही थे कि चतुरक चिल्ला उठा–स्वामी आ रहे हैं, दूर हट जा।

शेर ने आकर देखा, तो ऊंट पर भेड़िये के दांत लगे थे। उसने क्रोध से भवें तानकर पूछा–किसने ऊंट को जूठा किया है?

क्रव्यमुख चतुरक की ओर देखने लगा। चतुरक बोला–दुष्ट, स्वयं मांस खाकर अब मेरी ओर क्यों देखता है? अब अपने किए का दंड भोग।

चतुरक की बात सुनकर भेड़िया शेर के डर से उसी क्षण भाग गया।

थोड़ी देर में उधर कुछ दूरी पर ऊंटों का एक काफिला आ रहा था। ऊंटों के गले में घंटियां बंधी हुई थीं। घंटियों के शब्द से जंगल का आकाश गूंज रहा था। शेर ने पूछा–चतुरक! यह कैसा शब्द है? मैं तो इसे पहली बार ही सुन रहा हूं, पता तो करो।

चतुरक बोला–स्वामी! आप देर न करें, चल्दी से चले जाएं।

शेर–आखिर बात क्या है? इतना भयभीत क्यों करता है मुझे?

चतुरक–स्वामी! यह ऊंटों का दल है। धर्मराज आप पर बहुत क्रुद्ध हैं। आपने उनकी आज्ञा के बिना उन्हें साक्षी बनाकर अकाल में ही ऊंट के बच्चे का मार डाला है। अब वह 100 ऊंटों को, जिनमें शंकुकर्ण के पुरखे भी शामिल हैं, लेकर आपसे बदला लेने आया है। धर्मराज के विरुद्ध लड़ना युक्तियुक्त नहीं। आप, हो सके तो तुरन्त भाग जाइए।

शेर ने चतुरक के कहने पर विश्वास कर लिया। धर्मराज से डरकर मरे हुए ऊंट को वैसा ही छोड़कर दूर भाग गया।

दमनक ने यह कथा सुनाकर कहा–इसलिए मैं तुम्हें कहता हूं कि स्वार्थ-साधन में छल-बल सबसे काम ले।

दमनक के जाने के बाद संजीवक ने सोचा, मैंने यह अच्छा नहीं किया, जो शाकाहारी होने पर मांसाहारी से मैत्री की, किन्तु अब क्या करूं? क्यों न अब फिर पिंगलक की शरण में जाकर उससे मित्रता बढ़ाऊं? दूसरी जगह अब मेरी गति भी कहां है?

यही सोचता हुआ वह धीरे-धीरे शेर के पास चला। वहां जाकर उसने देखा कि पिंगलक शेर के मुख पर वही भाव अंकित थे, जिसका वर्णन दमनक ने कुछ समय पहले किया था। पिंगलक को इतना क्रुद्ध देखकर संजीवक आज जरा दूर हटकर बिना प्रणाम किए बैठ गया। पिंगलक ने भी आज संजीवक के चेहरे पर वही भाव अंकित देखे

जिनकी सूचना दमनक ने पिंगलक को दी थी। दमनक की चेतावनी स्मरण करके पिंगलक संजीवक से कुछ भी पूछे बिना उस पर टूट पड़ा। संजीवक इस अचानक आक्रमण के लिए तैयार नहीं था, किन्तु जब उसने देखा कि शेर उसे मारने को तैयार है तो वह भी सींगों को तानकर अपनी रक्षा के लिए तैयार हो गया।

उन दोनों को एक-दूसरे के विरुद्ध भयंकरता से युद्ध करते देखकर करटक ने कहा :

–दमनक! तूने दो मित्रों को लड़वाकर अच्छा नहीं किया। तुझे सामनीति से काम लेना चाहिए था। अब यदि शेर का वध हो गया तो हम क्या करेंगे? सच तो यह है कि तेरे जैसा नीच स्वभाव का मंत्री कभी अपने स्वामी का कल्याण नहीं कर सकता। अब भी कोई उपाय है तो कर। तेरी सब प्रवृत्तियां केवल विनाशोन्मुख हैं। जिस राज्य का तू मंत्री होगा, वहां भद्र और सज्जन व्यक्तियों का प्रवेश ही नहीं होगा, परन्तु अब तुझे उपदेश देने का क्या लाभ? उपदेश भी पात्र को दिया जाता है। तू उसका पात्र नहीं है, तुझे उपदेश देना व्यर्थ है। अन्यथा कहीं मेरी हालत भी सूचीमुख चिड़िया की तरह न हो जाए।

दमनक ने पूछा–सूचीमुख कौन थी?

करटक ने तब सूचीमुख चिड़िया की यह कहानी सुनाई :

सीख न दीजे बानरा

किसी पर्वत के एक भाग में बन्दरों का दल रहता था। एक दिन हेमन्त-ऋतु के दिनों में वहां इतनी बर्फ पड़ी और ऐसी हिम वर्षा हुई कि बन्दर सर्दी के मारे ठिठुर गए।

कुछ बन्दर लाल फलों को ही अग्नि-कण समझकर उन्हें फूंकें मार-मारकर सुलगाने की कोशिश करने लगे।

सूची-मुख पक्षी ने तब उन्हें व्यर्थ प्रयत्न से रोकते हुए कहा–ये आग के शोले नहीं, गुञ्जाफल हैं। इन्हें सुलगाने की व्यर्थ चेष्टा क्यों

करते हो? अच्छा यह है कि कहीं गुफा-कान्दरी में चले जाओ। तभी सर्दी से रक्षा होगी।

बन्दरों में एक बूढ़ा भी था। उसने कहा—सूचीमुख! इनको उपदेश न दे! ये मूर्ख हैं, तेरे उपदेश को नहीं मानेंगे, बल्कि तुझे मार डालेंगे।

वह बन्दर कह ही रहा था कि एक बन्दर ने सूचीमुख को उसके पंखों से पकड़कर झकझोर दिया।

इसीलिए मैं कहता हूं कि मूर्ख को उपदेश देकर हम उसे शांत नहीं करते और भी भड़काते हैं। जिस-तिस को उपदेश देना स्वयं मूर्खता है। मूर्ख-बन्दर ने उपदेश देने वाली चिड़ियों का घोंसला तोड़ दिया था।

दमनक ने पूछा—कैसे?

करटक ने तब बन्दर और चिड़ियों की यह कहानी सुनाई :

शिक्षा का पात्र

किसी जंगल में एक घने वृक्ष की शाखा पर चिड़ा-चिड़ी का एक जोड़ा रहता था। अपने घोंसले में दोनों बड़े सुख से रहते थे। सर्दियों का मौसम था। उस समय एक बन्दर बर्फीली हवा और बरसात से ठिठुरता हुआ उस वृक्ष की शाखा पर आ बैठा। जाड़े के मारे उसके दांत कटकटा रहे थे। उसे देख चिड़िया ने कहा—अरे, तुम कौन हो? देखने में तो तुम्हारा चेहरा आदमियों का सा है, हाथ पैर भी हैं तुम्हारे, फिर भी यहां बैठे हो, घर बनाकर क्यों नहीं रहते?

बन्दर बोला—अरी! तुझसे चुप नहीं रहा जाता? तू अपना काम कर, मेरा उपहास क्यों करती है?

चिड़िया फिर भी कुछ कहती गई। वह चिढ़ गया। क्रोध में आकर उसने चिड़िया के उस घोंसले को तोड़-फोड़ डाला।

करटक ने कहा—इसीलिए मैं कहता था कि जिस-तिस को उपदेश नहीं देना चाहिए। किन्तु तुझ पर इसका प्रभाव नहीं पड़ा। तुझे शिक्षा देना भी व्यर्थ है। बुद्धिमान को दी हुई शिक्षा का ही फल होता है। मूर्ख को

दी हुई शिक्षा का फल कई बार उलटा निकल आता है, जिस तरह पापबुद्धि नाम के मूर्ख पुत्र ने विद्वत्ता के जोश में पिता की हत्या कर दी थी।

करटक ने तब धर्मबुद्धि–पापबुद्धि नाम के दो मित्रों की कथा सुनाई :

मित्र–द्रोह का फल

किसी स्थान पर धर्मबुद्धि और पापबुद्धि नाम के दो मित्र रहते थे। एक दिन पापबुद्धि ने सोचा कि धर्मबुद्धि की सहायता से विदेश में जाकर धन पैदा किया जाए। दोनों ने देश–देशान्तरों में घूमकर प्रचुर धन पैदा किया। जब वे वापस आ रहे थे, तो गांव के पास आकर पापबुद्धि ने सलाह दी कि इतने धन को बन्धु–बान्धवों के बीच नहीं ले जाना चाहिए। इसे देखकर उन्हें ईर्ष्या होगी, लोभ होगा। किसी–न–किसी बहाने वे बांटकर खाने का यत्न करेंगे, इसलिए इस धन का बड़ा भाग जमीन में गाड़ देते हैं। जब जरूरत होगी, लेते रहेंगे।

धर्मबुद्धि यह बात मान गया। जमीन में गड्ढा खोदकर दोनों ने अपना संचित धन वहां रख दिया और गांव में चले आए।

कुछ दिन बाद पापबुद्धि आधी रात को उसी स्थान पर जाकर सारा धन खोद लाया और ऊपर से मिट्टी डालकर गड्ढा भरकर चला आया।

दूसरे दिन वह धर्मबुद्धि के पास गया और बोला–मित्र! मेरा परिवार बड़ा है। मुझे फिर कुछ धन की जरूरत पड़ गई है। चलो, चलकर थोड़ा–थोड़ा और ले आएं।

धर्मबुद्धि मान गया। दोनों ने आकर जब जमीन खोदी और वह बर्तन निकाला जिसमें धन रखा था, तो देखा कि वह खाली है। पापबुद्धि सिर पीटकर रोने लगा–मैं लुट गया, धर्मबुद्धि ने मेरा धन चुरा लिया। मैं मर गया, लुट गया...।

दोनों अदालत में धर्माधिकारी के सामने पेश हुए। पापबुद्धि ने कहा–मैं गड्ढे के पास वाले वृक्षों को साक्षी मानने को तैयार हूं। वे जिसे चोर कहेंगे, वह चोर माना जाएगा।

अदालत ने यह बात मान ली और निश्चय किया कि कल वृक्षों की साक्षी ली जाएगी और साक्षी पर ही निर्णय सुनाया जाएगा।

रात को पापबुद्धि ने अपने पिता को कहा–तुम अभी गड्ढे के पास वाले वृक्ष की खोखली जड़ में बैठ जाओ। जब धर्माधिकारी पूछे तो कह देना कि चोर धर्मबुद्धि है।

उसके पिता ने यही किया। वह सुबह होने से पहले ही वहां जाकर बैठ गया।

धर्माधिकारी ने जब ऊंचे स्वर से पुकारा–हे वनदेवता! तुम्हीं साक्षी हो कि इन दोनों में चोर कौन है?

तब वृक्ष की जड़ में बैठे हुए पापबुद्धि के पिता ने कहा–धर्मबुद्धि चोर है, उसने ही धन चुराया है।

धर्माधिकारी तथा राजपुरुषों को बड़ा आश्चर्य हुआ। वे अभी अपने धर्मग्रन्थों को देखकर निर्णय देने की तैयारी ही कर रहे थे कि धर्मबुद्धि ने उस वृक्ष को आग लगा दी, जहां से वह आवाज आई थी।

थोड़ी देर में पापबुद्धि का पिता आग से झुलसा हुआ उस वृक्ष की जड़ में से निकला। उसने वनदेवता की साक्षी का सच्चा भेद प्रकट कर दिया।

तब राजपुरुषों ने पापबुद्धि को उसी वृक्ष की शाखाओं पर लटकाते हुए कहा कि मनुष्य का यह धर्म है कि वह उपाय की चिन्ता के साथ अपाय की भी चिन्ता करे। अन्यथा उसकी वही दशा होती है जो उन बगुलों की हुई थी, जिन्हें नेवले ने मार दिया था।

धर्मबुद्धि ने पूछा–कैसे?

राजपुरुषों ने कहा–सुनो।

करने से पहले सोचो

जंगल के एक बड़े वटवृक्ष की खोल में बहुत-से बगुले रहते थे। उसी वृक्ष की जड़ में एक सांप भी रहता था। वह बगुलों के छोटे-छोटे बच्चों को खा जाता था।

एक बगुला सांप द्वारा बार-बार बच्चों के खाए जाने पर बहुत दुखी और विरक्त-सा होकर नदी के किनारे आ बैठा। उसकी आंखों में आंसू भरे हुए थे। उसे इस प्रकार दुःखमग्न देखकर एक केकड़े ने पानी से निकलकर उसे कहा—मामा, क्या बात है? आज रो क्यों रहे हो?

बगुले ने कहा—भैया! बात यह है कि मेरे बच्चों को सांप बार-बार खा जाता है। कुछ उपाय नहीं सूझता, किस प्रकार सांप का नाश किया जाए। तुम्हीं कोई उपाय बताओ।

केकड़े ने मन में सोचा, यह बगुला मेरा जन्म बैरी है। इसे ऐसा उपाय बताऊंगा, जिससे सांप के नाश के साथ-साथ इसका भी नाश हो जाए। यह सोचकर वह बोला—

मामा, एक काम करो। मांस के कुछ टुकड़े लेकर नेवले के बिल के सामने डाल दो। इसके बाद बहुत-से टुकड़े उस बिल से शुरू करके सांप के बिल तक बिखेर दो। नेवला उन टुकड़ों को खाता-खाता सांप के बिल तक आ जाएगा और वहां सांप को भी देखकर उसे मार डालेगा।

बगुले ने ऐसा ही किया। नेवले ने सांप को तो खा लिया, किन्तु सांप के बाद उस वृक्ष पर रहने वाले बगुलों को भी खा डाला।

बगुले ने उपाय सोचा, किन्तु उसके अन्य दुष्परिणाम नहीं सोचे। अपनी मूर्खता का फल उसे मिल गया। पापबुद्धि ने भी उपाय तो सोचा, किन्तु अपाय नहीं सोंचा।

करटक ने कहा—इसी तरह दमनक! तूने भी उपाय तो किया, किन्तु अपाय की चिन्ता नहीं की। तू भी पापबुद्धि के समान ही मूर्ख है। तेरे जैसे पापबुद्धि के साथ रहना भी दोषपूर्ण है। आज से तू मेरे पास मत

आना जिस स्थान पर ऐसे अनर्थ हों, वहां से दूर ही रहना चाहिए। जहां चूहे मन-भर की तराजू को खा जाएं वहां यह भी सम्भव है कि चील बच्चे को उठाकर ले जाए।

दमनक ने पूछा–कैसे?

करटक ने तब लोहे की तराजू की यह कहानी सुनाई :

जैसे को तैसा

एक स्थान पर जीर्णधन नाम का बनिए का लड़का रहता था। धन की खोज में उसने परदेश जाने का विचार किया। उसके घर में विशेष सम्पत्ति तो थी नहीं, केवल एक मन-भर भारी लोहे की तराजू थी। उसे एक महाजन के पास धरोहर रखकर वह विदेश चला गया। विदेश से वापस आने के बाद उसने महाजन से अपनी धरोहर वापस मांगी। महाजन ने कहा–वह लोहे की तराजू तो चूहों ने खा ली।

बनिये का लड़का समझ गया कि वह उसे तराजू देना नहीं चाहता। किन्तु अब उपाय कोई नहीं था। कुछ देर सोचकर उसने कहा–कोई चिन्ता नहीं। चूहों ने खा डाली तो चूहों का दोष है, तुम्हारा नहीं। तुम इसकी चिन्ता न करो।

थोड़ी देर बाद उसने महाजन से कहा–मित्र! मैं नदी पर स्नान के लिए जा रहा हूं। तुम अपने पुत्र धनदेव को मेरे साथ भेज दो, वह भी नहा आएगा।

महाजन बनिये की सज्जनता से बहुत प्रभावित था, इसलिए उसने तत्काल अपने पुत्र को उसके साथ नदी-स्नान के लिए भेज दिया।

बनिये ने महाजन के पुत्र को वहां से कुछ दूर ले जाकर एक गुफा में बन्द कर दिया। गुफा के द्वार पर बड़ी-सी शिला रख दी, जिससे वह निकलकर भाग न पाए, फिर जब वह महाजन के घर आया तो महाजन ने पूछा–मेरा लड़का भी तो तेरे साथ स्नान के लिए गया था, वह कहां है?

बनिये ने कहा–उसे चील उठाकर ले गई।

महाजन–यह कैसे हो सकता है? कभी चील भी इतने बड़े बच्चे को उठाकर ले जा सकती है?

बनिया–भले आदमी! यदि चील बच्चे को उठाकर नहीं ले जा सकती, तो चूहे भी मन-भर भारी तराजू को नहीं खा सकते। तुझे बच्चा चाहिए तो तराजू निकालकर दे दे।

इसी तरह विवाद करते हुए दोनों राजमहल में पहुंचे। वहां न्यायाधिकारी के सामने महाजन ने अपनी दुःख-कथा सुनाते हुए कहा कि इस बनिये ने मेरा लड़का चुरा लिया है।

धर्माधिकारी ने बनिये से कहा–इसका लड़का इसे दे दो।

बनिया बोला–महाराज! उसे तो चील उठा ले गई है।

धर्माधिकारी–क्या कभी चील भी बच्चे को उठा ले जा सकती है?

बनिया–प्रभु! यदि मन-भर भारी तराजू को चूहे खा सकते हैं, तो चील भी बच्चे को उठाकर ले जा सकती है।

धर्माधिकारी के प्रश्न पर बनिये ने सब वृत्तान्त कह सुनाया।

कहानी कहने के बाद दमनक को करटक ने फिर कहा–तूने भी असम्भव को सम्भव बनाने का यत्न किया है। तूने स्वामी का हितचिन्तक होते अहित कर दिया है। ऐसे हितचिन्तक मूर्ख मित्रों की अपेक्षा अहित चिन्तक बैरी अच्छे होते हैं। हित-चिन्तक मूर्ख बन्दर ने हित सम्पादन करते-करते राजा का खून कर दिया था।

दमनक ने पूछा–कैसे?

करटक ने तब बन्दर और राजा की यह कहानी सुनाई :

मूर्ख मित्र

किसी राजा के राजमहल में एक बन्दर सेवक के रूप में रहता था। वह राजा का बहुत विश्वासपात्र और भक्त था। अन्तःपुर में भी वह बेरोक-टोक जा सकता था।

एक दिन जब राजा सो रहा था और बन्दर पंखा झल रहा था, तो बन्दर ने देखा एक मक्खी बार-बार राजा की छाती पर बैठ जाती थी।

पंखे से बार-बार हटाने पर भी वह मानती नहीं थी, उड़कर फिर वहीं बैठ जाती थी।

बन्दर को क्रोध आ गया। उसने पंखा छोड़कर हाथ में तलवार ले ली और इस बार जब मक्खी राजा की छाती पर बैठी तो उसने पूरे बल से मक्खी पर तलवार का हाथ छोड़ दिया। मक्खी तो उड़ गई, किन्तु राजा की छाती तलवार की चोट से दो टुकड़े हो गई। राजा मर गया।

कथा सुनाकर करटक ने कहा–इसीलिए मैं मूर्ख मित्र की अपेक्षा विद्वान शत्रु को अच्छा समझता हूं।

इधर दमनक-करटक बातचीत कर रहे थे, उधर शेर और बैल का संग्राम चल रहा था। शेर ने थोड़ी देर बाद बैल को इतना घायल कर दिया कि वह जमीन पर गिरकर मर गया।

मित्र-हत्या के बाद पिंगलक को बड़ा पश्चाताप हुआ, किन्तु दमनक ने आकर पिंगलक को फिर राजनीति का उपदेश दिया। पिंगलक ने दमनक को फिर अपना प्रधानमंत्री बना लिया। दमनक की इच्छा पूरी हुई। पिंगलक दमनक की सहायता से राज्यकार्य करने लगा।

।।प्रथम तंत्र समाप्त।।

द्वितीय तंत्र

मित्र सम्प्राप्ति

दक्षिण देश के एक प्रान्त में महिलारोप्य नाम का एक नगर था। वहां एक विशाल वटवृक्ष की शाखाओं पर लघुपतनक नाम का कौवा रहता था। एक दिन वह अपने आहार की चिन्ता में शहर की ओर चला ही था कि उसने देखा कि एक काले रंग, फटे पांव और बिखरे बालों वाला यमदूत की तरह भयंकर व्याध उधर ही चला आ रहा है। कौवे को वृक्ष पर रहने वाले अन्य पक्षियों की भी चिन्ता थी। उन्हें व्याध के चंगुल से बचाने के लिए वह पीछे लौट पड़ा और वहां सब पक्षियों को सावधान कर दिया कि जब यह व्याध वृक्ष के पास भूमि पर अनाज के दाने बिखेरे, तब कोई भी पक्षी उन्हें चुगने के लालच से न जाए, उन दानों को कालकूट की तरह जहरीला समझे।

कौवा अभी यह कह ही रहा था कि व्याध ने वटवृक्ष के नीचे आकर दाने बिखेर दिए और स्वयं दूर जाकर झाड़ी के पीछे छिप गया। पक्षियों ने भी लघुपतनक का उपदेश मानकर दाने नहीं चुगे। वे उन दानों को हलाहल (विष) की तरह मानते रहे।

किन्तु इस बीच में व्याध के सौभाग्य से कबतूरों का एक दल परदेश से उड़ता हुआ वहां आया। इसका मुखिया चित्रग्रीव नाम का कबूतर था। लघुपतनक के बहुत समझाने पर भी वह भूमि पर बिखरे हुए उन दानों को चुगने के लालच को न रोक सका। परिणाम यह हुआ कि वह अपने परिवार के साथियों समेत जाल में फंस गया। लोभ का

यही परिणाम होता है। लोभ से विवेक-शक्ति नष्ट हो जाती है। स्वर्णमय हिरण के लोभ से श्रीराम यह न सोच सके कि कोई भी हिरण सोने का नहीं हो सकता।

जाल में फंसने के बाद चित्रग्रीव ने अपने साथी कबूतरों को समझा दिया कि वे अब अधिक फड़फड़ाने या उड़ने की कोशिश न करें, नहीं तो व्याध उन्हें मार देगा। इसीलिए वे सब अधमरे-से हुए जाल में बैठ गए। व्याध ने भी उन्हें शान्त देखकर मारा नहीं। जाल समेटकर वह आगे चल पड़ा। चित्रग्रीव ने जब देखा कि अब व्याध निश्चिन्त हो गया है और उसका ध्यान दूसरी ओर हो गया है, तभी उसने अपने साथियों को जाल समेत उड़ जाने का संकेत किया। संकेत पाते ही सब कबूतर जाल लेकर उड़ गए। व्याध को बहुत दुःख हुआ। पक्षियों के साथ उसका जाल भी हाथ से निकल गया था। लघुपतनक भी उन उड़ते हुए कबूतरों के साथ उड़ने लगा।

चित्रग्रीव ने जब देखा कि अब व्याध का डर नहीं है तो उसने अपने साथियों को कहा—व्याध तो लौट गया। अब चिन्ता की कोई बात नहीं। चलो, हम महिलारोप्य शहर के पूर्वोत्तर भाग की ओर चलें। वहां मेरा घनिष्ठ मित्र हिरण्यक नाम का चूहा रहता है। उससे हम अपने जाल को कटवा लेंगे। तभी हम आकाश में स्वच्छन्द घूम सकेंगे।

वहां हिरण्यक नाम का चूहा अपने सौ बिलों वाले दुर्ग में रहता था। इसीलिए उसे डर नहीं लगता था। चित्रग्रीव ने उसके द्वार पर पहुंचकर आवाज लगाई। वह बोला—मित्र हिरण्यक! शीघ्र आओ। मुझ पर विपत्ति का पहाड़ टूट पड़ा है।

उसकी आवाज सुनकर हिरण्यक ने अपने ही बिल में छिपे-छिपे प्रश्न किया—तुम कौन हो? कहां से आए हो? क्या प्रयोजन है?

चित्रग्रीव ने कहा—मैं चित्रग्रीव नाम का कपोतराज हूं। तुम्हारा मित्र हूं। तुम जल्दी बाहर आओ, मुझे तुमसे विशेष काम है।

यह सुनकर हिरण्यक चूहा अपने बिल से बाहर आया। वहां अपने परममित्र चित्रग्रीव को देखकर वह बड़ा प्रसन्न हुआ, किन्तु चित्रग्रीव को अपने साथियों समेत जाल में फंसा देखकर वह चिन्तित भी हो गया। उसने पूछा–मित्र! यह क्या हो गया तुम्हें?

चित्रग्रीव ने कहा–जीभ के लालच से हम जाल में फंस गए। तुम हमें जाल से मुक्त कर दो।

हिरण्यक जब चित्रग्रीव के जाल का धागा काटने लगा तब उसने कहा–पहले मेरे साथियों के बन्धन काट दो, बाद में मेरे।

हिरण्यक–तुम सबके सरदार हो, पहले अपने बन्धन कटवा लो, साथियों के पीछे कटवाना।

चित्रग्रीव–ये मेरे आश्रित हैं, अपने घर-बार को छोड़कर मेरे साथ आए हैं। मेरा धर्म है कि पहले इनकी सुख-सुविधा को दृष्टि में रखूं। अपने अनुचरों में किया हुआ विश्वास बड़े-से-बड़े संकट से रक्षा करता है।

हिरण्यक चित्रग्रीव की यह बात सुनकर बहुत प्रसन्न हुआ। उसने सबके बन्धन काटकर चित्रग्रीव से कहा–मित्र! अब अपने घर जाओ। विपत्ति के समय फिर मुझे याद करना। उन्हें भेजकर हिरण्यक चूहा अपने बिल में घुस गया। चित्रग्रीव भी परिवार सहित अपने घर चला गया।

लघुपतनक कौवा यह सब दूर से देख रहा था। वह हिरण्यक के कौशल और उसकी सज्जनता पर मुग्ध हो गया। उसने मन-ही-मन सोचा, यद्यपि मेरा स्वभाव है कि मैं किसी का विश्वास नहीं करता, किसी को अपना हितैषी नहीं मानता, तथापि इस चूहे के गुणों से प्रभावित होकर मैं इसे अपना मित्र बनाना चाहता हूं।

यह सोचकर वह हिरण्यक के बिल के दरवाजे पर जाकर चित्रग्रीव के समान ही आवाज बनाकर हिरण्यक को पुकारने लगा। उसकी आवाज सुनकर हिरण्यक ने सोचा, यह कौन-सा कबूतर है? क्या इसके बन्धन कटने शेष रह गए हैं?

हिरण्यक ने पूछा–तुम कौन हो?

लघुपतनक–मैं लघुपतनक नाम का कौवा हूं।

हिरण्यक–मैं तुम्हें नहीं जानता, तुम अपने घर चले जाओ।

लघुपतनक–मुझे तुमसे बहुत जरूरी काम है, एक बार दर्शन तो दे दो।

हिरण्यक–मुझे तुम्हें दर्शन देने का कोई प्रयोजन दिखाई नहीं देता।

लघुपतनक–चित्रग्रीव के बन्धन काटते देखकर मुझे तुमसे बहुत प्रेम हो गया है। कभी मैं बन्धन में पड़ जाऊंगा तो तुम्हारी सेवा में आना पड़ेगा।

हिरण्यक–तुम भोक्ता हो, मैं तुम्हारा भोजन हूं, हमसे प्रेम कैसा? जाओ, दो प्रकृति से विरोधी जीवों में मैत्री नहीं हो सकती।

लघुपतनक–हिरण्यक! मैं तुम्हारे द्वार पर मित्रता की भीख लेकर आया हूं। तुम मैत्री नहीं करोगे तो यहीं प्राण दे दूंगा।

हिरण्यक–हम सब बैरी हैं, हममें मैत्री नहीं हो सकती।

लघुपतनक–मैंने तो कभी तुम्हारे दर्शन भी नहीं किए। हममें बैर कैसा?

हिरण्यक–बैर दो तरह का होता है, सहज और कृत्रिम। तुम मेरे सहज बैरी हो।

लघुपतनक–मैं दो तरह के बैरों का लक्षण सुनना चाहता हूं।

हिरण्यक–जो बैर कारण से हो वह कृत्रिम होता है, कारणों से ही उस बैर का अन्त भी हो सकता है। स्वाभाविक बैर निष्कारण होता है, उसका अन्त हो ही नहीं सकता।

लघुपतनक ने बहुत अनुरोध किया, किन्तु हिरण्यक ने मैत्री के प्रस्ताव को स्वीकार नहीं किया। तब लघुपतनक ने कहा–यदि तुम्हें मुझ पर विश्वास न हो तो तुम अपने बिल में छिपे रहो, मैं बिल के बाहर बैठा-बैठा ही तुमसे बातें कर लिया करूंगा।

हिरण्यक ने लघुपतनक की यह बात मान ली। किन्तु लघुपतनक को सावधान करते हुए कहा–कभी मेरे बिल में प्रवेश करने की चेष्टा मत करना। कौवा इस बात को मान गया। उसने शपथ ली कि कभी वह ऐसा नहीं करेगा।

तब से दोनों मित्र बन गए। वे नित्यप्रति परस्पर बातचीत करते थे। दोनों के दिन बड़े सुख से कटते थे। कौवा कभी-कभी इधर-उधर से अन्न-संग्रह करके चूहे को भेंट भी देता था। मित्रता में आदान-प्रदान स्वाभाविक था। धीरे-धीरे दोनों की मैत्री घनिष्ठ होती गई। दोनों एक क्षण भी एक-दूसरे से अलग नहीं रह सकते थे।

बहुत दिन बाद एक दिन आंखों में आंसू भरकर लघुपतनक ने हिरण्यक से कहा–मित्र! अब मुझे देश से विरक्ति हो गई है, इसलिए दूसरे देश में चला जाऊंगा।

कारण पूछने पर उसने कहा–इस देश में अनावृष्टि के कारण दुर्भिक्ष पड़ गया है। लोग स्वयं भूखे मर रहे हैं, एक दाना भी नहीं रहा। घर-घर में पक्षियों के पकड़ने के लिए जाल बिछ गए हैं। मैं तो भाग्य से ही बच गया। ऐसे देश में रहना ठीक नहीं है।

हिरण्यक–कहां जाओगे?

लघुपतनक–दक्षिण दिशा की ओर एक तालाब है। वहां मन्थरक नाम का एक कछुआ रहता है। वह भी मेरा वैसा ही घनिष्ठ मित्र है जैसे तुम हो। उसकी सहायता से मुझे पेट भरने योग्य अन्न-मांस अवश्य मिल जाएगा।

हिरण्यक–यही बात है तो मैं भी तुम्हारे साथ जाऊंगा। मुझे भी यहां दुःख है।

लघुपनतक–तुम्हें किस बात का दुःख है?

हिरण्यक–यह मैं वहीं पहुंचकर तुम्हें बताऊंगा।

लघुपतनक–किन्तु मैं तो आकाश में उड़ने वाला हूं। मेरे साथ तुम कैसे जाओगे?

हिरण्यक–मुझे अपने पंखों पर बिठाकर वहां ले चलो।

लघुपतनक–यह बात सुनकर प्रसन्न हुआ। उसने कहा कि वह संपात, आदि आठों प्रकार की उड़ने की गतियों से परिचित है। वह उसे सुरक्षित निर्दिष्ट स्थान पर पहुंचा देगा। यह सुनकर हिरण्यक चूहा लघुपतनक कौवे की पीठ पर बैठ गया। दोनों आकाश में उड़ते हुए तालाब के किनारे पहुंचे।

मन्थरक ने जब देखा कि कोई कौवा चूहे को पीठ पर बिठाकर आ रहा है, तो वह डर के मारे पानी में घुस गया। लघुपतनक को उसने पहचाना नहीं।

तब लघुपतनक हिरण्यक को थोड़ी दूर छोड़कर पानी में लटकती हुई शाखा पर बैठकर जोर-जोर से पुकारने लगा–मन्थरक!! मन्थरक!! मैं तेरा मित्र लघुपतनक आया हूं। आकर मुझसे मिल।

लघुपतनक की आवाज सुनकर मन्थरक खुशी से नाचता हुआ बाहर आया। दोनों ने एक-दूसरे का आलिंगन किया। हिरण्यक भी तब वहां आ गया और मन्थरक को प्रणाम करके वहीं बैठ गया। मन्थरक ने लघुपतनक से पूछा–यह चूहा कौन है? भक्ष्य होते हुए भी इसे अपनी पीठ पर कैसे लाया?

लघुपतनक–यह हिरण्यक नाम का चूहा मेरा अभिन्न मित्र है। बड़ा गुणी है यह, फिर भी किसी दुःख से दुखी होकर मेरे साथ यहां आ गया है। इसे अपने देश से वैराग्य हो गया है।

मन्थरक–वैराग्य का कारण?

लघुपतनक–यह बात मैंने भी पूछी थी। इसने कहा था कि वहीं चलकर बताऊंगा। मित्र हिरण्यक! अब तुम अपने वैराग्य का कारण बतलाओ।

हिरण्यक ने तब यह कहानी सुनाई :

धन सब क्लेशों की जड़ है

दक्षिण देश के एक प्रान्त में महिलारोप्य नामक नगर से थोड़ी दूर महादेवजी का एक मन्दिर था। वहां ताम्रचूड़ नामक भिक्षु रहता था। वह नगर से भिक्षा मांगकर भोजन कर लेता था और भिक्षा-शेष को भिक्षा-पात्र में रखकर खूंटी पर टांग देता था। सुबह उसी भिक्षा-शेष में से थोड़ा-थोड़ा अन्न वह अपने नौकरों को बांट देता था और उन नौकरों से मन्दिर की लिपाई-पुताई और सफाई कराता था।

एक दिन मेरे कई जाति-भाई चूहों ने मेरे पास आकर कहा–स्वामी! वह ब्राह्मण खूंटी पर भिक्षा-शेष वाला पात्र टांग देता है, जिससे हम उस

पात्र तक नहीं पहुंच सकते। आप चाहें तो खूंटी पर टंगे पात्र तक पहुंच सकते हैं। आपकी कृपा से हमें भी प्रतिदिन उसमें से अन्न-भोजन मिल सकता है।

उनकी प्रार्थना सुनकर मैं उन्हें साथ लेकर उसी रात वहां पहुंचा। उछलकर मैं खूंटी पर टंगे पात्र तक पहुंच गया। वहां से अपने साथियों को भी मैंने भरपेट अन्न दिया और स्वयं भी खूब खाया। प्रतिदिन इसी तरह मैं अपना और अपने साथियों का पेट पालता रहा।

ताम्रचूड़ ब्राह्मण ने इस चोरी से बचने का एक उपाय किया। वह कहीं से बांस का डंडा ले आया और उससे रात-भर खूंटी पर टंगे पात्र को खटखटाता रहता। मैं भी बांस से पिटने के डर से पात्र में नहीं जाता था। सारी रात यही संघर्ष चलता रहा।

कुछ दिन बाद उस मंदिर में बृहत्स्फिक नाम का एक संन्यासी अतिथि बनकर आया। ताम्रचूड़ ने उसका बहुत सत्कार किया। रात के समय दोनों में देर तक धर्म-चर्चा भी होती रही। किन्तु ताम्रचूड़ ने उस चर्चा के बीच भी फटे बांस से भिक्षा-पात्र को खटखटाने का कार्यक्रम चालू रखा। आगन्तुक संन्यासी को बात बहुत बुरी लगी। उसने समझा कि ताम्रचूड़ उसकी बात को पूरे ध्यान से नहीं सुन रहा। इसे उसने अपना अपमान समझा। इसीलिए अत्यन्त क्रोधाविष्ट होकर उसने कहा–ताम्रचूड़! तू मेरे साथ मैत्री नहीं निभा रहा। मुझसे पूरे मन से बात नहीं करता। मैं भी इसी समय तेरा मन्दिर छोड़कर दूसरी जगह चला जाता हूं।

ताम्रचूड़ ने डरते हुए उत्तर दिया–मित्र! तू मेरा अनन्य मित्र है। मेरी व्यग्रता का कारण दूसरा है, वह यह कि वह दुष्ट चूहा खूंटी पर टंगे भिक्षा-पात्र में से भोज्य वस्तुओं को चुराकर खा जाता है। चूहे को डराने के लिए ही मैं भिक्षा-पात्र को खटका रहा हूं। इस चूहे ने तो उछलने में बिल्ली और बन्दर को भी मात कर दिया है।

बृहत्स्फिक–उस चूहे का बिल तुझे मालूम है?

ताम्रचूड़–नहीं, मैं नहीं जानता।

बृहत्स्फिक–हो न हो इसका बिल भूमि में गड़े किसी खजाने के ऊपर है, तभी उसकी गर्मी से यह इतना उछलता है। कोई भी काम अकारण नहीं होता। कूटे हुए तिलों को यदि कोई बिना कूटे तिलों के भाव बेचने लगे तो भी उसका कारण होता है।

ताम्रचूड़ ने पूछा–कूटे हुए तिलों का उदाहरण आपने कैसे दिया?

बृहत्स्फिक ने तब कूटे हुए तिलों की बिक्री की यह कहानी सुनाई :

बिना कारण कार्य नहीं

एक बार मैं चौमासे में एक ब्राह्मण के घर गया था। वहाँ रहते हुए एक दिन मैंने सुना कि ब्राह्मण-पत्नी में यह बातचीत हो रही थी :

ब्राह्मण–कल सुबह कर्क-संक्रान्ति है, भिक्षा के लिए मैं दूसरे गांव जाऊंगा। वहां एक ब्राह्मण सूर्यदेव की तृप्ति के लिए कुछ दान करना चाहता है।

पत्नी–तुझे तो भोजन योग्य अन्न कमाना भी नहीं आता। तेरी पत्नी होकर मैंने कभी सुख नहीं भोगा, मिष्ठान नहीं खाए, वस्तु और आभूषणों की तो बात ही क्या कहनी?

ब्राह्मण–देवी! तुम्हें ऐसा नहीं कहना चाहिए। अपनी इच्छा के अनुरूप धन किसी को नहीं मिलता। पेट भरने योग्य अन्न तो मैं भी ले ही आता हूं। इससे अधिक की तृष्णा का त्याग कर दो। अति तृष्णा के चक्कर में मनुष्य के माथे पर शिखा हो जाती है।

ब्राह्मणी ने पूछा–यह कैसे?

तब ब्राह्मण ने सूअर, शिकारी और गीदड़ की यह कथा सुनाई :

अति लोभ नाश का मूल

एक दिन एक शिकारी शिकार की खोज में जंगल की ओर गया। जाते-जाते उसे वन में काले अंजन के पहाड़ जैसा काला बड़ा सुअर

दिखाई दिया। उसे देखकर उसने अपने धनुष की प्रत्यंचा को कानों पर खींचकर निशाना मारा। निशाना ठीक स्थान पर लगा। सूअर घायल होकर शिकारी की ओर दौड़ा। शिकारी भी तीखे दांतों वाले सूअर के हमले से गिरकर घायल हो गया। उसका पेट फट गया। शिकारी और शिकार दोनों का अन्त हो गया।

इस बीच एक भटकता और भूख से तड़पता गीदड़ वहां आ निकला। वहां सूअर और शिकारी, दोनों को मरा देखकर वह नाचने लगा, आज दैववश बड़ा अच्छा भोजन मिला है। कई बार बिना विशेष उद्यम के ही अच्छा भोजन मिल जाता है। इसे पूर्वजन्मों का फल ही कहना चाहिए।

यह सोचकर वह मृत लाशों के पास जाकर पहले छोटी चीजें खाने लगा। उसे याद आ गया कि अपने धन का उपयोग मनुष्य को धीरे-धीरे ही करना चाहिए, इसका प्रयोग रसायन के प्रयोग की तरह करना उचित है। इस तरह अल्प से अल्प धन भी बहुत काल तक काम देता है। अतः इसका भोग मैं इस नीति से करूंगा कि बहुत दिन तक इनके उपयोग से ही मेरी प्राण यात्रा चलती रहे।

यह सोचकर उसने निश्चय किया कि वह पहले धनुष की डोरी खाएगा। उस समय धनुष की प्रत्यंचा चढ़ी हुई थी, उसकी डोरी कमान के दोनों सिरों पर कसकर बंधी हुई थी। गीदड़ ने डोरी को मुख में लेकर चबाया। चबाते ही वह डोरी बहुत वेग से टूट गई और धनुष के कोने का एक सिरा उसके माथे को भेदकर ऊपर निकल आया, मानो माथे पर शिखा निकल आई हो। इस प्रकार घायल होकर वह गीदड़ भी वहीं मर गया।

ब्राह्मण ने कहा–इसीलिए मैं कहता हूं कि अतिशय लोभ से माथे पर शिखा हो जाती है।

ब्राह्मणी ने ब्राह्मण की यह कहानी सुनने के बाद कहा–यदि यही बात है तो मेरे घर में थोड़े-से तिल पड़े हैं। उनका शोधन करके कूट-छांटकर अतिथि को खिला देती हूं।

ब्राह्मण उसकी बात से सन्तुष्ट होकर भिक्षा के लिए दूसरे गांव की ओर चल दिया। ब्राह्मणी ने भी अपने वचनानुसार घर में पड़े तिलों को छांटना शुरू कर दिया। छांट-पछोड़कर जब उसने तिलों को सुखाने के लिए धूप में फैलाया तो एक कुत्ते ने उन तिलों को मूत्रविष्ठा से खराब कर दिया। ब्राह्मणी बड़ी चिन्ता में पड़ गई। यही तिल थे, जिन्हें पकाकर उसे अतिथि को भोजन देना था। बहुत विचार के बाद उसने सोचा कि अगर वह इन शोधित तिलों के बदले अशोधित तिल मांगेगी तो कोई भी दे देगा। इनके उच्छिष्ट होने का किसी को पता ही नहीं लगेगा-यह सोचकर वह उन तिलों को छाज में रखकर घर-घर घूमने लगी और कहने लगी-कोई इन छंटे हुए तिलों के स्थान पर बिना छंटे तिल दे दे।

अचानक यह हुआ कि जिस घर में मैं भिक्षा के लिए गया था उसी घर में वह भी तिलों को बेचने पहुंच गई और कहने लगी-बिना छंटे तिलों के स्थान पर छंटे हुए तिलों को ले लो। उस घर की गृह-पत्नी जब यह सौदा करने जा रही थी तब उसके लड़के ने, जो अर्थशास्त्र पड़ा हुआ था, कहा, माता! इन तिलों को मत लो। कौन पागल होगा जो बिना छंटे तिलों को लेकर छंटे हुए तिल देगा। यह बात निष्कारण नहीं हो सकती। अवश्यमेव इन छंटे तिलों में कोई दोष होगा।

पुत्र के कहने पर माता ने सौदा नहीं किया।

यह कहानी सुनाने के बाद बृहत्स्फिक ने ताम्रचूड़ से पूछा-क्या तुम्हें उसके आने-जाने का मार्ग मालूम है?

ताम्रचूड़-भगवान! वह तो मालूम नहीं। वह अकेला नहीं आता, दलबल समेत आता है। उनके साथ ही वह आता है और साथ ही जाता है।

बृहत्स्फिक-तुम्हारे पास कोई फावड़ा है?

ताम्रचूड़ ने कहा-हां, फावड़ा तो है।

दोनों ने दूसरे दिन फावड़ा लेकर हमारे (चूहों के पद चिह्नों का अनुसरण करते हुए) बिल तक आने का निश्चय किया। मैं उनकी बातें सुनकर बड़ा चिन्तित हुआ। मुझे निश्चय हो गया कि वे इस तरह मेरे

दुर्ग तक पहुँचकर फावड़े से उसे नष्ट कर देंगे। इसलिए यह सोचकर मैं अपने दुर्ग की ओर न जाकर किसी अन्य स्थान की ओर चल देता हूं। इस तरह सीधा रास्ता छोड़कर दूसरे रास्ते में जब मैं सदल-बल जा रहा था, तो मैंने देखा कि एक मोटा बिल्ला आ रहा है। वह बिल्ला चूहों की मंडली देखकर उस पर टूट पड़ा। बहुत-से चूहे मारे गए, बहुत-से घायल हुए। एक भी चूहा ऐसा न था जो लहूलुहान न हुआ हो। उन सबने इस विपत्ति का कारण मुझे ही माना। मैं ही उन्हें असली रास्ते के स्थान पर दूसरे रास्ते से ले जा रहा था। बाद में उन्होंने मेरा साथ छोड़ दिया। वे सब पुराने दुर्ग में चले गए।

इस बीच बृहत्स्फिक और ताम्रचूड़ भी फावड़ा-समेत दुर्ग तक पहुंच गए। वहां पहुंचकर उन्होंने दुर्ग को खोदना शुरू कर दिया। खोदते-खोदते उनके हाथ वह खजाना लग गया, जिसकी गर्मी से मैं बन्दर और बिल्ली से भी अधिक उछल सकता था। खजाना लेकर दोनों ब्राह्मण मन्दिर को लौट गए। मैं जब अपने दुर्ग में गया तो उसे उजड़ा देखकर मेरा दिल बैठ गया। उसकी वह अवस्था देखी नहीं जाती थी। सोचने लगा, क्या करूं? कहां जाऊं? मरे मन को कहां शान्ति मिलेगी?

बहुत सोचने के बाद मैं फिर निराशा में डूबा हुआ उसी मन्दिर में चला गया जहां ताम्रचूड़ रहता था। मेरे पैरों की आहट सुनकर ताम्रचूड़ ने फिर खूंटी पर टंगे भिक्षापात्र को फटे बांस से पीटना शुरू कर दिया। बृहत्स्फिक ने उससे पूछा—मित्र! अब भी तू-निःशंक होकर नहीं सोता। क्या बात है?

ताम्रचूड़—भगवान! वह चूहा फिर यहां आ गया है। मुझे डर है, मेरे भिक्षा-शेष को वह फिर न कहीं खा जाए।

बृहत्स्फिक—मित्र! अब डरने की कोई बात नहीं। धन के खजाने के छिनने के साथ उसके उछलने का उत्साह भी नष्ट हो गया। सभी जीवों के साथ ऐसा होता है। धन-बल से ही मनुष्य उत्साही होता है, वीर होता है और दूसरों को पराजित करता है।

यह सुनकर मैंने पूरे बल से छलांग मारी, किन्तु खूंटी पर टंगे पात्र तक न पहुंच सका और मुख के बल जमीन पर गिर पड़ा। मेरे गिरने की आवाज सुनकर मेरा शत्रु बृहत्स्फिक ताम्रचूड़ से हंसकर बोला–देख ताम्रचूड़! इस चूहे को देख! खजाना छिन जाने के बाद यह फिर मामूली चूहा ही रह गया है। इसकी छलांग में अब वह वेग नहीं रहा, जो पहले था। धन में बड़ा चमत्कार है। धन से ही सब बली होते हैं; पण्डित होते हैं। धन के बिना मनुष्य की अवस्था दंतहीन सांप की तरह हो जाती है।

धनाभाव से मेरी भी बड़ी दुर्गति हो गई। मेरे ही नौकर मुझे उलाहना देने लगे कि यह चूहा हमारा पेट पालने योग्य तो है नहीं; हां हमें बिल्ली को खिलाने योग्य अवश्य है। यह कहकर उन्होंने मेरा साथ छोड़ दिया। मेरे साथी मेरे शत्रुओं के साथ मिल गए।

मैंने भी एक दिन सोचा कि मैं फिर मन्दिर में जाकर खजाना पाने का यत्न करूंगा। इस यत्न में मेरी मृत्यु भी हो जाए तो भी चिन्ता नहीं।

यह सोचकर मैं मन्दिर में गया। मैंने देखा कि ब्राह्मण खजाने की पेटी को सिर के नीचे रखकर सो रहे हैं। मैं पेटी में छिद्र करके जब धन चुराने लगा तो वे जाग गए। लाठी लेकर वे मेरे पीछे दौड़े। एक लाठी मेरे सिर पर लगी। आयु शेष थी इसलिए मृत्यु नहीं हुई–किन्तु घायल बहुत हो गया। सच तो यह है कि जो धन भाग्य में लिखा होता है वह तो मिल ही जाता है। संसार की कोई शक्ति उसे हस्तगत होने में बाधा नहीं डाल सकती। इसीलिए मुझे कोई शोक नहीं है। जो हमारे हिस्से का है, वह हमारा अवश्य होगा।

इतनी कथा कहने के बाद हिरण्यक ने कहा–इसीलिए मुझे वैराग्य हो गया है और इसीलिए मैं लघुपतनक की पीठ पर चढ़कर यहां आ गया हूं।

मन्थरक ने आश्वासन देते हुए कहा–मित्र! नष्ट हुए धन की चिन्ता न करो। जवानी और धन का उपभोग क्षणिक ही होता है। पहले धन के अर्जन में दुःख है, फिर उसके संरक्षण में दुःख। जितने कष्टों से मनुष्य धन का संचय करता है उसके शतांश कष्टों से भी यदि वह धर्म का

संचय करे तो उसे मोक्ष मिल जाए विदेश-प्रवास का भी दुःख मत करो। व्यवसायी के लिए कोई स्थान दूर नहीं, विद्वान के लिए कोई विदेश नहीं और प्रियवादी के लिए कोई पराया नहीं।

इसके अतिरिक्त धन कमाना तो भाग्य की बात है। भाग्य न हो तो संचित धन भी नष्ट हो जाता है। अभागा आदमी अर्थोपार्जन करके भी उसका भोग नहीं कर पाता; जैसे मूर्ख सोमिलक नहीं कर पाया था।

हिरण्यक ने पूछा–कैसे?

मन्थरक ने तब सोमिलक की यह कथा सुनाई :

कर्महीन नर पावत नाहीं

एक नगर में सोमिलक नाम का एक जुलाहा रहता था। विविध प्रकार के रंगीन और सुन्दर वस्त्र बनाने के बाद भी उसे भोजन-वस्त्र मात्र से अधिक धन कभी प्राप्त नहीं होता था। अन्य जुलाहे मोटा-सादा कपड़ा बुनते हुए धनी हो गए थे। उन्हें देखकर एक दिन सोमिलक ने अपनी पत्नी से कहा–प्रिये! देखो, मामूली कपड़ा बुनने वाले जुलाहों ने भी कितना धन-वैभव संचित कर लिया है और मैं इतने सुन्दर, उत्कृष्ट वस्त्र बनाते हुए भी आज तक निर्धन ही हूं। प्रतीत होता है कि यह स्थान मेरे लिए भाग्यशाली नहीं है; अतः विदेश जाकर धनोपार्जन करूंगा।

सोमिलक की पत्नी ने कहा–प्रियतम! विदेश में धनोपार्जन की कल्पना मिथ्या स्वप्न से अधिक नहीं। धन की प्राप्ति होनी हो तो स्वदेश में ही हो जाती है। न होनी हो तो हथेली में आया धन भी नष्ट हो जाता है। अतः यहीं रहकर व्यवसाय करते रहो, भाग्य में लिखा होगा, तो यहीं धन की वर्षा हो जाएगी।

सोमिलक–भाग्य-अभाग्य की बात तो कायर लोग करते हैं। लक्ष्मी उद्योगी और पुरुषार्थी सिंह-नर को ही प्राप्त होती है। सिंह को भी अपने भोजन के लिए उद्यम करना पड़ता है। मैं भी उद्यम करूंगा, विदेश जाकर धन-संचय का यत्न करूंगा।

यह कहकर सोमिलक वर्धमानपुर चला गया। वहां तीन वर्षों में अपने कौशल से 300 सोने की मोहरें लेकर वह घर की ओर चल दिया। रास्ता लम्बा था। आधे रास्ते में ही दिन ढल गया, शाम हो गई। आसपास कोई घर नहीं था। एक मोटे वृक्ष की शाखा के ऊपर चढ़कर रात बिताई। सोते-सोते स्वप्न आया कि दो भयंकर आकृति के पुरुष आपस में बात कर रहे हैं। एक ने कहा–हे पौरुष, तुझे क्या मालूम नहीं कि सोमिलक के पास भोजन-वस्त्र से अधिक धन नहीं रह सकता, तब तूने इसे 300 मोहरें क्यों दीं? दूसरा बोला–हे, भाग्य! मैं तो प्रत्येक पुरुषार्थी को एक बार उसका फल दूंगा ही। पास रहने देना या नहीं रहने देना तेरे अधीन है।

स्वप्न के बाद सोमिलक की नींद खुली तो देखा कि मोहरों का पात्र खाली था। इतने कष्टों से संचित धन के इस तरह लुप्त हो जाने से सोमिलक बड़ा दुखी हुआ और सोचने लगा, अपनी पत्नी को कौन-सा मुख दिखाऊंगा, मित्र क्या कहेंगे?–यह सोचकर वह फिर वर्धमानपुर को ही वापस आ गया। वहाँ दिन-रात घोर परिश्रम करके उसने वर्ष-भर में ही 500 मोहरें जमा कर लीं। उन्हें लेकर वह घर की ओर जा रहा था कि फिर आधे रास्ते में रात पड़ गई। इस बार वह सोने के लिए ठहरा नहीं, चलता ही गया, किन्तु चलते-चलते ही उसने फिर दोनों-पौरुष और भाग्य को पहले की तरह बातचीत करते सुना। भाग्य ने फिर वही बात कही–हे पौरुष! क्या तुझे मालूम नहीं कि सोमिलक के पास भोजन-वस्त्र से अधिक धन नहीं रह सकता? हे, भाग्य! मैं तो प्रत्येक व्यवसायी को एक बार उसका फल दूंगा ही, इससे आगे तेरे अधीन है, उसके पास रहने दे या छीन ले। इस बातचीत के बाद सोमिलक ने जब अपनी मोहरों वाली गठरी देखी, तो वह मोहरों से खाली थी।

इस तरह दो बार खाली हाथ होकर सोमिलक का मन बहुत दुखी हुआ। उसने सोचा–इस धनहीन जीवन से तो मृत्यु ही अच्छी है। आज इस वृक्ष की टहनी से रस्सी बांधकर उस पर लटक जाता हूं और यहीं प्राण दे देता हूं।

गले में फंदा लगा, उसे टहनी से बांधकर जब वह लटकने वाला ही था कि आकाशवाणी हुई–सोमिलक! ऐसा दुःसाहस मत कर। मैंने ही तेरा धन चुराया है। तेरे भाग्य में भोजन–वस्त्र मात्र से अधिक धन का उपभोग नहीं लिखा है। व्यर्थ के धन–संचय में अपनी शक्तियां नष्ट मत करो। घर जाकर सुख से रह। तेरे साहस से तो मैं प्रसन्न हूं, तू चाहे तो एक वरदान मांग ले। मैं तेरी इच्छा पूरी करूंगा।

सोमिलक ने कहा–मुझे वरदान में प्रचुर धन दे दो।

अदृष्ट देवता ने उत्तर दिया–धन का क्या उपयोग? तेरे भाग्य में उसका उपभोग नहीं है। भोगरहित धन को लेकर क्या करेगा?

सोमिलक तो धन का भूखा था, बोला–भोग हो या न हो, मुझे धन ही चाहिए। बिना उपयोग या उपभोग के भी धन की बड़ी महिमा है। संसार में वही पूज्य माना जाता है, जिसके पास धन का संचय हो। कृपण और अकुलीन भी समाज में आदर पाते हैं। संसार उनकी ओर आशा लगाए बैठा रहता है, जिस तरह वह गीदड़ बैल से आशा रखकर उसके पीछे पन्द्रह दिन तक घूमता रहा।

भाग्य ने पूछा–किस तरह?

सोमिलक ने फिर बैल और गीदड़ की यह कहानी सुनाई :

उड़ते के पीछे भागना

एक स्थान पर तीक्ष्णविषाण नाम का बैल रहता था। बहुत उन्मत्त होने के कारण उसे किसान ने छोड़ दिया था। अपने साथी बैलों से भी छूटकर जंगल में ही मतवाले हाथी की तरह बेरोक–टोक घूमा करता था।

उसी जंगल में प्रलोभक नाम का एक गीदड़ भी था। एक दिन वह अपनी पत्नी–समेत नदी के किनारे बैठा था कि वह बैल वहीं पानी पीने आ गया। बैल के मांसल कन्धों पर लटकते हुए मांस को देखकर गीदड़ी ने गीदड़ से कहा–स्वामी, इस बैल की लटकती हुई लोथ को देखो। न जाने किस दिन यह जमीन पर गिर जाए। तुम इसके पीछे–पीछे जाओ–जब यह जमीन पर गिरे, ले आना।

गीदड़ ने उत्तर दिया–प्रिये! न जाने यह लोथ गिरे या न गिरे। कब तक इसका पीछा करूंगा? इस व्यर्थ के काम में मुझे मत लगाओ। हम यहां चैन से बैठे हैं। जो चूहे इस रास्ते से जाएंगे, उन्हें मारकर ही हम भोजन कर लेंगे। तुझे यहां अकेली छोड़कर जाऊंगा तो शायद कोई दूसरा गीदड़ ही इस घर को अपना बना ले। अनिश्चित लाभ की आशा में निश्चित वस्तु का परित्याग कभी अच्छा नहीं होता।

गीदड़ी बोली–मैं नहीं जानती थी कि तू इतना कायर और आलसी है। तुझमें इतना भी उत्साह नहीं है। जो थोड़े-से धन से सन्तुष्ट हो जाता है, वह थोड़े-से धन को भी गंवा बैठता है। इसके अतिरिक्त अब मैं चूहे के माँस से ऊब गई हूं। बैल के ये मांसपिण्ड अब गिरने ही वाले दिखाई देते हैं, इसलिए अब इसका पीछा करना चाहिए।

गीदड़ी के आग्रह पर गीदड़ को बैल के पीछे जाना पड़ा। सच तो यह है कि पुरुष तभी तक प्रभु होता है जब तक उस पर स्त्री का अंकुश नहीं पड़ता। स्त्री का हठ पुरुष से सब कुछ करा देता है।

तब से गीदड़-गीदड़ी दोनों बैल के पीछे-पीछे घूमने लगे। उनकी आंखें उसके लटकते मांसपिण्ड पर लगी थीं, लेकिन वह मांसपिण्ड 'अब गिरा' 'तब गिरा' लगते हुए भी गिरता नहीं था। अन्त में दस-पन्द्रह दिन इसी तरह बैल का पीछा करने के बाद एक दिन गीदड़ ने कहा–प्रिये! न मालूम यह गिरे भी या नहीं, इसलिए अब इसकी आशा छोड़कर अपनी राह लो।

कहानी सुनने के बाद पौरुष ने कहा–यदि यही बात है, धन की इच्छा इतनी ही प्रबल है, तो तू फिर वर्धमानपुर चला जा। वहाँ दो बनियों के पुत्र हैं, एक गुप्तधन, दूसरा उपभुक्त धन। इन दोनों प्रकार के धनों का स्वरूप जानकर तू किसी एक का वरदान मांगना। यदि तू उपभोग की योग्यता के बिना धन चाहेगा, तो तुझे गुप्त धन दे दूँगा और यदि खर्च के लिए धन चाहेगा, तो उपभुक्त धन दे दूंगा।

यह कहकर वह देवता लुप्त हो गया। सोमिलक उसके आदेशानुसार फिर वर्धमानपुर पहुंचा। शाम हो गई थी। पूछता-पूछता वह गुप्तधन के

घर चला गया। घर पर उसका किसी ने सत्कार नहीं किया। इसके विपरीत उसे भला-बुरा कहकर गुप्तधन और उसकी पत्नी ने घर से बाहर धकेलना चाहा, किन्तु सोमिलक अपने संकल्पों का पक्का था। सबके विरुद्ध होते हुए भी वह घर में घुसकर जा बैठा। भोजन के समय उसे गुप्तधन ने रुखी-सूखी रोटी दे दी। उसे खाकर वह वहीं सो गया। स्वप्न में उसने फिर दोनों देव देखे। वे बातें कर रहे थे। एक कह रहा था–हे पौरुष! तूने गुप्तधन को भाग्य से इतना अधिक धन क्यों दे दिया कि उसने सोमिलक को भी रोटी दे दी। पौरुष ने उत्तर दिया–मेरा इसमें दोष नहीं। मुझे पुरुष के हाथों धर्म-पालन करवाना ही है, उसका फल देना तेरे अधीन है।

दूसरे दिन गुप्तधन पेचिश से बीमार हो गया और उसे उपवास करना पड़ा। इस तरह उसकी क्षतिपूर्ति हो गई।

सोमिलक अगले दिन सुबह उपभुक्त धन के घर गया। वहां उसने भोजनादि द्वारा उसका सत्कार किया। सोने के लिए सुन्दर शय्या भी दी। सोते-सोते उसने फिर सुना, वही दोनों देव बातें कर रहे थे। एक कह रहा था–हे, पौरुष! इसने सोमिलक का सत्कार करते हुए बहुत धन व्यय कर दिया है। अब इसकी क्षतिपूर्ति कैसे होगी? दूसरे ने कहा–हे भाग्य! सत्कार के लिए धन व्यय करवाना मेरा धर्म था, इसका फल देना तेरे अधीन है।

सुबह होने पर सोमिलक ने देखा कि राजदरबार में एक राजपुरुष राजप्रासाद के रूप में धन भेंट लाकर उपभुक्त धन को दे रहा था। यह देखकर सोमिलक ने विचार किया कि यह संचयरहित उपभुक्त धन ही गुप्तधन से श्रेष्ठ है। जिस धन का दान कर दिया जाए या सत्कार्यों में व्यय कर दिया जाए, वह धन संचित धर्म की अपेक्षा बहुत अच्छा होता है।

मन्थरक ने ये कहानियां सुनाकर हिरण्यक से कहा कि इस कारण तुझे भी धन विषयक चिन्ता नहीं करनी चाहिए। तेरा जमीन में गड़ा हुआ

खजाना चला गया, तो जाने दे। भोग के बिना उसका तेरे लिए उपयोग भी क्या था? उपार्जित धन का सबसे अच्छा संरक्षण यह है कि उसका दान कर दिया जाए। शहर की मक्खियां इतना मधु संचय करती हैं, किन्तु उपयोग नहीं कर सकती। इस संचय से क्या लाभ?

मन्थरक कछुआ, लघुपतनक कौवा और हिरण्यक चूहा वहां बैठे-बैठे यही बातें कर रहे थे कि वहां चित्रांग नाम का हिरण कहीं से दौड़ता-हांफता आ गया। एक व्याध उसका पीछा कर रहा था। उसे आता देखकर कौवा उड़कर वृक्ष की शाखा पर बैठ गया। हिरण्यक पास के बिल में घुस गया और मन्थरक तालाब के पानी में जा छिपा।

कौवे ने हिरण को अच्छी तरह देखने के बाद मन्थरक से कहा–मित्र मन्थरक! यह तो हिरण के आने की आवाज है। एक प्यासा हिरण पानी पीने के लिए तालाब पर आया है। उसी का यह शब्द है, मनुष्य का नहीं।

मन्थरक–यह हिरण बार-बार पीछे मुड़कर देख रहा है और डरा हुआ-सा है। इसलिए यह प्यासा नहीं, बल्कि व्याध के डर से भागा हुआ है। देख तो सही, इसके पीछे व्याध आ रहा है या नहीं।

दोनों की बात सुनकर चित्रांग हिरण बोला–मन्थरक! मेरे भय का कारण तुम जान गए हो। मैं व्याध के वाणों से डरकर बड़ी कठिनाई से यहां पहुंच पाया हूं। तुम मेरी रक्षा करो। अब तुम्हारी शरण में हूं। मुझे कोई ऐसी जगह बतलाओ जहां व्याध न पहुंच सके।

मन्थरक ने हिरण को घने जंगलों में भाग जाने की सलाह दी, किन्तु लघुपतनक ने ऊपर से देखकर बतलाया कि व्याध दूसरी दिशा में चले गए हैं, इसलिए अब डर की कोई बात नहीं है। इसके बाद चारों मित्र तालाब के किनारे वृक्षों की छाया में मिलकर देर तक बातें करते रहे।

कुछ समय बाद एक दिन जब कछुआ, कौआ और चूहा बातें कर रहे थे, शाम हो गई, बहुत देर बाद भी हिरण नहीं आया। तीनों को सन्देह होने लगा कि वह व्याध के जाल में न फंस गया हो, अथवा शेर, बाघ आदि ने उस पर हमला न कर दिया हो। घर में बैठे स्वजन अपने

प्रवासी प्रियजनों के सम्बन्ध में सदा शंकित रहते हैं।

बहुत देर तक भी चित्रांग हिरण नहीं आया तो मन्थरक कछुए ने लघुपतनक कौवे को जंगल में जाकर हिरण को खोजने की सलाह दी। लघुपतनक ने कुछ ही दूर जाकर देखा कि वहां चित्रांग जाल में बंधा हुआ है। लघुपतनक उसके पास गया। उसे देखकर चित्रांग की आंखों में आंसू आ गए वह बोला—अब मेरी मृत्यु निश्चित है। अन्तिम समय में तुम्हारे दर्शन करके मुझे बड़ी प्रसन्नता हुई। प्राण—विसर्जन के समय मित्र—दर्शन बड़ा सुखद होता है। मेरे अपराध क्षमा करना।

लघुपतनक ने धीरज बंधाते हुए कहा—घबराओ मत। मैं अभी हिरण्यक चूहे को बुला लाता हूं। वह तुम्हारा जाल काट देगा।

यह कहकर वह हिरण्यक के पास चला गया और शीघ्र ही उसे पीठ पर बैठाकर ले आया। हिरण्यक अभी जाल काटने की विधि सोच ही रहा था कि लघुपतनक ने वृक्ष के ऊपर से कुछ दूरी पर किसी को देखकर कहा—यह तो बहुत बुरा हुआ।

हिरण्यक ने पूछा—क्या कोई व्याध आ रहा है?

लघुपतनक—नहीं, व्याध तो नहीं, किन्तु मन्थरक कछुआ इधर चला आ रहा है।

हिरण्यक—तब तो खुशी की बात है दुखी क्यों होता है?

लघुपतनक—दुखी इसलिए होता हूं कि व्याध के आने पर मैं ऊपर उड़ जाऊंगा, हिरण्यक बिल में घुस जाएगा, चित्रांग भी छलांगें मारकर घने जंगल में घुस जाएगा, लेकिन यह मन्थरक कैसे अपनी जान बचाएगा? यही सोचकर चिन्तित हो रहा हूं।

मन्थरक के वहां आने पर हिरण्यक ने मन्थरक से कहा—मित्र! तुमने यहां आकर अच्छा नहीं किया। अब भी वापस लौट जाओ, कहीं व्याध न आ जाए।

मन्थरक ने कहा—मित्र! मैं अपने मित्र को आपत्ति में जानकर वहां नहीं रह सका। सोचा, उसकी आपत्ति में हाथ बटाऊंगा तभी चला आया।

ये बातें हो ही रही थीं कि उन्होंने व्याध को उसी ओर आते देखा। उसे देखकर चूहे ने उसी क्षण चित्रांग के बन्धन काट दिए। चित्रांग भी उठकर घूम-घूमकर पीछे देखता हुआ आगे भाग खड़ा हुआ। लघुपतनक वृक्ष पर उड़ गया। हिरण्यक पास के बिल में घुस गया।

व्याध अपने जाल में किसी को न पाकर बड़ा दुखी हुआ। वहां से वापस जाने को मुड़ा ही था कि उसकी दृष्टि धीरे-धीरे जाने वाले मन्थरक पर पड़ गई। उसने सोचा, आज हिरण तो हाथ आया नहीं कछुए को ही ले चलता हूं। कछुए को ही आज भोजन बनाऊंगा। उससे ही पेट भरूंगा। यह सोच वह कछुए को ही कन्धे पर डालकर चल दिया। उसे ले जाते देख हिरण्यक और लघुपतनक को बड़ा दुःख हुआ। दोनों मित्र मन्थरक को बड़े प्रेम और आदर से देखते थे। चित्रांग ने भी मन्थरक को व्याध के कन्धों पर देखा तो व्याकुल हो गया। तीनों मित्र मन्थरक की मुक्ति का उपाय सोचने लगे।

कौए ने तब एक उपाय ढूंढ निकाला। वह यह कि चित्रांग व्याध के मार्ग में, तालाब के किनारे जाकर लेट जाए। मैं तब उसे चोंच मारने लगूंगा। व्याध समझेगा कि हिरण मरा हुआ है। वह मन्थरक को जमीन पर रखकर इसे लेने के लिए जब आएगा तो हिरण्यक जल्दी-जल्दी मन्थरक के बन्धन काट दे। मन्थरक तालाब में घुस जाए, और चित्रांग छलांगें मारकर घने जंगल में चला जाए। मैं उड़कर वृक्ष पर चला ही जाऊंगा। सभी बच जाएंगे, मन्थरक भी छूट जाएगा।

तीनों मित्रों ने यही उपाय किया। चित्रांग तालाब के किनारे मृतवत् जा लेटा। कौवा उसकी गर्दन पर सवार होकर चोंच चलाने लगा। व्याध ने देखा तो समझा कि हिरण जाल से छूटकर दौड़ता-दौड़ता यहां मर गया है। उसे लेने के लिए वह जालबद्ध कछुए को जमीन पर छोड़कर आगे बढ़ा, तो हिरण्यक ने अपने वज्र समान तीखे दांतों से जाल के बन्धन काट दिए। मन्थरक पानी में घुस गया। चित्रांग भी दौड़ गया।

व्याध ने चित्रांग को हाथ से निकलकर जाते देखा तो आश्चर्य में डूब गया। वापस जाकर जब उसने देखा कि कछुआ जाल से निकलकर

भाग गया है, तब उसके दुःख की सीमा न रही। वहीं एक शिला पर बैठकर वह विलाप करने लगा।

दूसरी ओर चारों मित्र लघुपतनक, मन्थरक हिरण्यक और चित्रांग प्रसन्नता से फूले नहीं समाते थे। मित्रता के बल पर ही चारों ने व्याध से मुक्ति पाई थी।

मित्रता में बड़ी शक्ति है। मित्र संग्रह करना जीव की सफलता में बड़ा सहायक है। विवेकी व्यक्ति को सदा मित्र-प्राप्ति में यत्नशील रहना चाहिए।

।।द्वितीय तन्त्र समाप्त।।

तृतीय तंत्र

काकोलूकीय

दक्षिण देश में महिलारोप्य नाम का एक नगर था। नगर के पास एक बड़ा पीपल का वृक्ष था। उसकी घने पत्तों से ढकी शाखाओं पर पक्षियों के घोंसले बने हुए थे। उन्हीं में से कुछ घोंसलों में कौवों के बहुत-से परिवार रहते थे। कौवों का राजा वायसराज मेघवर्ण भी वहीं रहता था। वहां उसने अपने दल के लिए एक व्यूह-सा बना लिया था।

उससे कुछ दूर पर्वत की गुफा में उल्लुओं का दल रहता था। इनका राजा अरिमर्दन था।

दोनों में स्वाभाविक बैर था। अरिमर्दन हर रात पीपल के वृक्ष के चारों ओर चक्कर लगाता था। वहां कोई इकला-दुकला कौवा मिल जाता तो उसे मार देता था। इसी तरह एक-एक करके उसने सैकड़ों कौवे मार दिए।

तब मेघवर्ण ने अपने मंत्रियों को बुलाकर उनसे उलूकराज के प्रहारों से बचने का उपाय पूछा। उसने कहा—कठिनाई यह है कि हम रात को देख नहीं सकते और दिन को उल्लू न जाने कहां जा छिपते हैं। हमें उनके स्थान के सम्बन्ध में कुछ भी पता नहीं। समझ में नहीं आता कि इस समय सन्धि, युद्ध यान, आसन, संश्रय, द्वैधीभाव आदि उपायों में से किसका प्रयोग किया जाए?

पहले मेघवर्ण ने उज्जीवी नाम के प्रथम सचिव से प्रश्न किया। उसने उत्तर दिया—महाराज! बलवान शत्रु से युद्ध नहीं करना चाहिए। उससे तो सन्धि करना ही ठीक है। युद्ध से हानि ही है। समान बल वाले

शत्रु से भी पहले सन्धि करके, कछुए की तरह सिमटकर, शक्ति–संग्रह करने के बाद ही युद्ध करना उचित है।

उसके बाद संजीवी नाम के द्वितीय सचिव से प्रश्न किया गया। उसने कहा–महाराज! शत्रु के साथ सन्धि नहीं करनी चाहिए। शत्रु सन्धि के बाद भी नाश ही करता है। पानी अग्नि द्वारा गरम होने के बाद भी अग्नि को ही बुझा देता है। विशेषतः क्रूर, अत्यन्त लोभी और धर्मरहित शत्रु से तो कभी भी सन्धि न करें। शत्रु के प्रति शान्ति–भाव दिखलाने से उसकी शत्रुता की आग और भी भड़क जाती है। वह और भी क्रूर हो जाता है। जिस शत्रु से हम आमने–सामने की लड़ाई न लड़ सकें। उसे छल–बल द्वारा हराना चाहिए, किन्तु सन्धि नहीं करनी चाहिए। सच तो यह है कि जिस राजा की भूमि शत्रुओं के खून से और उनकी विधवा स्त्रियों के आंसुओं से नहीं सींची गई, वह राजा होने योग्य ही नहीं।

तब मेघवर्ण ने तृतीय सचिव अनुजीवी से प्रश्न किया। उसने कहा–महाराज! हमारा शत्रु दुष्ट है, बल में भी अधिक है। इसलिए उसके साथ सन्धि और युद्ध दोनों के करने में हानि है। उसके लिए तो शास्त्रों में याननीति का ही विधान है। हमें यहां से किसी दूसरे देश में चला जाना चाहिए। इस तरह पीछे हटने में कायरता–दोष नहीं होता। शेर भी तो हमला करने से पहले पीछे हटता है। वीरता का अभियान करके जो हठपूर्वक युद्ध करता है वह शत्रु की ही इच्छा पूरी करता है और अपने व अपने वंश का नाश कर लेता है।

इसके बाद मेघवर्ण ने चतुर्थ सचिव प्रजीवी से प्रश्न किया। उसने कहा–महाराज! मेरी सम्मति में तो सन्धि, विग्रह और यान तीनों में दोष हैं। हमारे लिए आसन नीति का आश्रय लेना ही ठीक है। अपने स्थान पर दृढ़ता से बैठना सबसे अच्छा उपाय है। मगरमच्छ अपने स्थान पर बैठकर शेर को भी हरा देता है, हाथी को भी पानी में खींच लेता है। वही यदि अपना स्थान छोड़ दे तो चूहे से भी हार जाए। अपने दुर्ग में बैठकर हमारा एक सिपाही शत–शत शत्रुओं का नाश कर सकता है। हमें अपने दुर्ग को दृढ़ बनाना चाहिए। अपने स्थान पर दृढ़ता से खड़े

छोटे-छोटे वृक्षों को आंधी-तूफान के प्रबल झोंके भी उखाड़ नहीं सकते।

तब मेघवर्ण ने चिरंजीवी नाम के पंचम सचिव से प्रश्न किया। उसने कहा—महाराज! मुझे तो इस समय संश्रय नीति ही उचित प्रतीत होती है। किसी बलशाली सहायक मित्र को अपने पक्ष में करके ही हम शत्रु को हरा सकते हैं। अतः हमें यहीं ठहर किसी समर्थ मित्र की सहायता ढूंढ़नी चाहिए। यदि एक समर्थ मित्र न मिले तो अनेक छोटे-छोटे मित्रों की सहायता भी हमारे पक्ष को सबल बना सकती है। छोटे-छोटे तिनकों से गुथी हुई रस्सी भी इतनी मजबूत बन जाती है कि हाथी को जकड़कर बांध लेती है।

पांचों मंत्रियों से सलाह लेने के बाद वायसराज मेघवर्ण अपने वंशागत सचिव स्थिरजीवी के पास गया। उसे प्रणाम करके वह बोला—श्रीमान! मेरे सभी मंत्री मुझे जुदा-जुदा राय दे रहे हैं। आप उनकी सलाहें सुनकर अपना निश्चय दीजिए।

स्थिरजीवी ने उत्तर दिया—वत्स! सभी मंत्रियों ने अपनी बुद्धि के अनुसार ठीक ही मंत्रणा दी है, अपने-अपने समय सभी नीतियां अच्छी होती हैं। किन्तु मेरी सम्मति में तो तुम्हें द्वैधीभाव या भेद-नीति का ही आश्रय लेना चाहिए। उचित यह है कि पहले हम सन्धि द्वारा शत्रु में अपने लिए विश्वास पैदा कर लें, किन्तु शत्रु पर विश्वास न करें। सन्धि करके युद्ध की तैयारी करते रहें, तैयारी पूरी होने पर युद्ध कर दें। संधि काल में हमें शत्रु के निर्बल स्थलों का पता लगाते रहना चाहिए। उनसे परिचित होने के बाद वहीं आक्रमण कर देना उचित है।

मेघवर्ण ने कहा—आपका कहना निःसन्देह सत्य है, किन्तु शत्रु का निर्बल स्थल किस तरह देखा जाए?

स्थिरजीवी—गुप्तचरों द्वारा ही हम शत्रु के निर्बल स्थल की खोज कर सकते हैं। गुप्तचर ही राजा की आंख का काम देता है।

स्थिरजीवी की बात सुनने के बाद मेघवर्ण ने पूछा—श्रीमान! यह तो बतलाइए कि कौवों और उल्लुओं का एक स्वाभाविक बैर किस कारण से है?

तब स्थिरजीवी ने अगली कथा सुनाई :

उल्लू का अभिषेक

एक बार हंस, तोता, बगुला, कोयल, चातक, कबूतर, उल्लू आदि सब पक्षियों ने सभा करके यह सलाह की कि उनका राजा वैनतेय केवल वासुदेव की भक्ति में लगा रहता है, व्याधों से उनकी रक्षा का कोई उपाय नहीं करता, इसलिए पक्षियों का कोई अन्य राजा चुन लिया जाए। कई दिनों की बैठक के बाद सबने एक सम्मति से सर्वांग सुन्दर उल्लू को राजा चुना।

अभिषेक की तैयारियां होने लगीं, विविध तीर्थों से पवित्र जल मंगाया गया, सिंहासन पर रत्न जड़े गए, स्वर्णघट भरे गए, मंगलपाठ शुरू हो गया, ब्राह्मणों ने वेद-पाठ शुरू कर दिया, नर्तकियों ने नृत्य की तैयारी कर ली, उलूकराज राज्य सिंहासन पर बैठने ही वाले थे कि कहीं से एक कौवा आ गया।

कौवे ने सोचा, यह समारोह कैसा? यह उत्सव किसलिए? पक्षियों ने भी कौवे को देखा तो आश्चर्य में पड़ गए। उसे तो किसी ने बुलाया ही नहीं था, फिर भी उन्होंने सुन रखा था कि कौवा सबसे चतुर कूटराजनीतिज्ञ पक्षी है, इसलिए उससे मंत्रणा करने के लिए सब पक्षी उसके चारों ओर इकट्ठे हो गए।

उलूकराज के राज्याभिषेक की बात सुनकर कौवे ने हंसते हुए कहा—यह चुनाव ठीक नहीं हुआ। मोर, हंस, कोयल, सारस, चक्रवाक, शुक आदि सुन्दर पक्षियों के रहते दिवान्ध उल्लू और टेढ़ी नाक वाले अप्रियदर्शी पक्षी को राजा बनाना उचित नहीं है। वह स्वभाव से ही रौद्र है और कटुभाषी है। फिर अभी तो वैनतेय राजा बैठा है। एक राजा के रहते दूसरे को राज्यासन देना विनाशक है। पृथ्वी पर एक ही सूर्य होता है, वही अपनी आभा से सारे संसार को प्रकाशित कर देता है। एक से अधिक सूर्य होने पर प्रलय हो जाती है। प्रलय में बहुत-से सूर्य निकल आते हैं, उनसे संसार में विपत्ति ही आती है, कल्याण नहीं होता।

राजा एक ही होता है। उसके नाम-कीर्तन से ही काम बन जाते हैं। चन्द्रमा के नाम से ही खरगोशों ने हाथियों से छुटकारा पाया था।

पक्षियों ने पूछा—कैसे?

कौवे ने तब खरगोश और हाथी की यह कहानी सुनाई :

बड़े नाम की महिमा

एक वन में चतुर्दन्त नाम का महाकाय हाथी रहता था। वह अपने हाथी दल का मुखिया था। बरसों तक सूखा पड़ने के कारण वहां के सब झील, तलैया, ताल सूख गए और मुरझा गए। सब हाथियों ने मिलकर अपने गजराज चतुर्दन्त को कहा कि हमारे बच्चे भूख-प्यास से मर गए जो शेष हैं मरने वाले हैं इसलिए जल्दी ही किसी बड़े तालाब की खोज की जाए।

बहुत देर सोचने के बाद चतुर्दन्त ने कहा—मुझे एक तालाब याद आया है। वह पाताल गंगा के जल से सदा भरा रहता है। चलो, वहीं चलें। पांच रात की लम्बी यात्रा के बाद सब हाथी वहां पहुंचे। तालाब में पानी था। दिन-भर पानी में खेलने के बाद हाथियों का दल शाम को बाहर निकला। तालाब के चारों ओर खरगोशों के अनगिनत बिल थे। उन बिलों से जमीन पीली हो गई थी। हाथियों के पैरों से वे सब बिल टूट-फूट गए। बहुत-से खरगोश भी हाथियों के पैरों से कुचल गए। किसी की गर्दन टूट गई, किसी का पैर टूट गया। बहुत-से मर भी गए।

हाथियों के वापस चले जाने के बाद उन बिलों में रहने वाले क्षत-विक्षत, लहूलुहान खरगोशों ने मिलकर एक बैठक की। उसमें स्वर्गवासी खरगोशों की स्मृति में दुःख प्रकट किया गया तथा भविष्य के संकट का उपाय सोचा गया। उन्होंने सोचा, आस-पास अन्यत्र कहीं जल न होने के कारण ये हाथी अब हर रोज इसी तालाब में आया करेंगे और उनके बिलों को अपने पैरों से रौंदा करेंगे। इस प्रकार दो-चार दिनों में ही सब खरगोशों का वंश नाश हो जाएगा। हाथी का स्पर्श ही इतना

भयंकर है, जितना सांप का सूंघना, राजा का हंसना और मानिनी का मान।

इस संकट से बचने का उपाय सोचते-सोचते एक ने सुझाव रखा–हमें अब इस स्थान को छोड़कर अन्य देश में चले जाना चाहिए। यह परित्याग ही सर्वश्रेष्ठ नीति है। एक ही परित्याग परिवार के लिए, परिवार का गांव के लिए, गांव का शहर के लिए और सम्पूर्ण पृथ्वी का परित्याग अपनी रक्षा के लिए करना पड़े तो भी कर देना चाहिए।

किन्तु दूसरे खरगोशों ने कहा–हम तो अपने पिता-पितामह की भूमि न छोड़ेंगे।

कुछ ने उपाय सुझाया कि खरगोशों की ओर से एक चतुर दूत हाथियों के दलपति के पास भेजा जाए। वह उससे यह कहे कि चन्द्रमा में जो खरगोश बैठा है उसने हाथियों को इस तालाब में आने से मना किया है। चन्द्रमा-स्थित खरगोश की बात को वह मान जाए।

बहुत विचार के बाद लम्बकर्ण नाम के खरगोश को दूत बनाकर हाथियों के पास भेजा गया। लम्बकर्ण भी तालाब के रास्ते में एक ऊंचे टीले पर बैठ गया, और जब हाथियों का झुण्ड वहां आया तो वह बोला–यह तालाब चांद का अपना तालाब है। यहां मत आया करो।

गजराज–तू कौन है?

लम्बकर्ण–मैं चांद में रहने वाला खरगोश हूं। भगवान चन्द्र ने मुझे तुम्हारे पास यह कहने के लिए भेजा है कि इस तालाब में न आया करो।

गजराज ने कहा–जिस भगवान चन्द्र का तुम संदेश लाए हो। वह इस समय कहां है?

लम्बकर्ण–इस समय वे तालाब में हैं। कल तुमने खरगोशों के बिलों का नाश कर दिया था। आज वे खरगोशों की विनती सुनकर यहां आए हैं। उन्होंने मुझे तुम्हारे पास भेजा है।

गजराज–ऐसा ही है तो मुझे उनके दर्शन करा दो। मैं उन्हें प्रणाम करके वापस चला जाऊंगा।

लम्बकर्ण अकेले गजराज को लेकर तालाब के किनारे पर ले गया। तालाब में चांद की छाया पड़ रही थी। गजराज ने उसे चांद समझकर प्रणाम किया और लौट पड़ा। उस दिन के बाद कभी हाथियों का दल तालाब के किनारे नहीं आया।

कहानी समाप्त होने के बाद कौवे ने कहा—यदि तुम उल्लू जैसे नीच, आलसी, कायर, व्यसनी और पीठ पीछे कटुभाषी पक्षी को राजा बनाओगे तो शश-कपिंजल की तरह नष्ट हो जाओगे।

पक्षियों ने पूछा—कैसे?

कौवे ने कहा—सुनो।

बिल्ली का न्याय

एक जंगल में जिस वृक्ष की शाखा पर मैं रहता था, उसके नीचे के तने में एक खोल के अन्दर कपिंजल नाम का तीतर भी रहता था। शाम को हम दोनों में खूब बातें होती थीं। हम एक-दूसरे को दिन-भर के अनुभव सुनाते थे और पुराणों की कथाएं कहते थे।

एक दिन वह तीतर अपने साथियों के साथ बहुत दूर के खेत में धान की नई-नई कोंपलें खाने चला गया। बहुत रात बीते भी वह नहीं आया, तो मैं बहुत चिन्तित होने लगा। मैंने सोचा—किसी वधिक ने जाल में न बांध लिया हो, या किसी जंगली बिल्ली ने खा लिया हो। बहुत रात बीतने के बाद उस वृक्ष के खाली पड़े खोल में शीघ्रगो नाम का खरगोश घुस आया। मैं भी तीतर के वियोग में इतना दुखी था कि उसे रोका नहीं।

दूसरे दिन कपिंजल अचानक ही आ गया। धान की नई-नई कोंपलें खाने के बाद वह खूब मोटा-ताजा हो गया था। अपनी खोल में आने पर उसने देखा कि वहां एक खरगोश बैठा है। उसने खरगोश को अपनी जगह खाली करने को कहा। खरगोश भी तीखे स्वभाव का था, बोला—यह घर अब तेरा नहीं है। वापी, कूप, तालाब और वृक्ष के घरों

का यही नियम है कि जो उनमें बसेरा कर ले, उसका ही वह घर हो जाता है। घर का स्वामित्व केवल मनुष्यों के लिए होता है, पक्षियों के लिए गृह-स्वामित्व का कोई विधान नहीं है।

झगड़ा बढ़ता गया। अन्त में कपिंजल ने किसी भी तीसरे पंच से इसका निर्णय करने की बात कही। उनकी लड़ाई और समझौते की बातचीत को एक जंगली बिल्ली सुन रही थी। उसने सोचा, मैं ही पंच बन जाऊं तो कितना अच्छा है, दोनों को मारकर खाने का अवसर मिल जाएगा।

यह सोच, हाथ में माला लेकर सूर्य की ओर मुख करके, नदी के किनारे कुशासन बिछाकर वह आंखें मूंदे बैठ गई थी और धर्म का उपदेश करने लगी। उसके धर्मोपदेश को सुनकर खरगोश ने कहा–यह देखो! कोई तपस्वी बैठा है, इसी को पंच बनाकर पूछ लें।–तीतर बिल्ली को देखकर डर गया, दूर से बोला–मुनिवर, तुम हमारे झगड़े का निपटारा कर दो। जिसका पक्ष धर्म-विरुद्ध होगा, उसे तुम खा लेना–यह सुनकर बिल्ली ने आंख खोली और कहा–राम-राम! ऐसा न कहो। मैंने हिंसा का नारकीय मार्ग छोड़ दिया है। अतः मैं धर्म-विरोधी पक्ष वाले की भी हिंसा नहीं करूंगी। हां, तुम्हारा निर्णय करना मुझे स्वीकार है, किन्तु, मैं वृद्ध हूं, दूर से तुम्हारी बात नहीं सुन सकती, पास आकर अपनी बात कहो।–बिल्ली की बात पर दोनों को विश्वास हो गया, दोनों ने उसे पंच मान लिया, और उसके पास आ गए। उसने भी झपट्टा मार कर दोनों को एक साथ ही पंजों में दबोच लिया।

इसी कारण, मैं कहता हूं कि नीच और व्यसनी को राजा, बनाओगे तो तुम सब नष्ट हो जाओगे, इस दिवान्ध उल्लू को राजा बनाओगे तो वह भी रात के अंधेरे में तुम्हारा नाश कर देगा।

कौवे की बात सुनकर सब पक्षी उल्लू को राजमुकुट पहनाए बिना चले गए। केवल अभिषेक की प्रतीक्षा करता हुआ उल्लू, उसकी मित्र कृकालिका और कौवा रह गए। उल्लू ने पूछा–मेरा अभिषेक क्यों नहीं हुआ?

कृकालिका ने कहा–मित्र! एक कौवे ने आकर रंग में भंग कर दिया। शेष सब पक्षी उड़कर चले गए हैं, केवल यह कौवा ही यहीं बैठा है।

तब उल्लू ने कौवे से कहा–दुष्ट कौवे! मैंने तेरा क्या बिगाड़ा था, जो तूने मेरे कार्य में विघ्न डाल दिया। आज से मेरा-तेरा वंश-परंपरागत बैर रहेगा।

यह कहकर उल्लू वहां से चला गया। कौवा बहुत चिन्तित हुआ वहीं बैठा रहा। उसने सोचा, मैंने अकारण ही उल्लू से बैर मोल ले लिया। दूसरे के मामलों में हस्तक्षेप करना और कटु सत्य कहना भी दुःख प्रद होता है।

यही सोचता-सोचता वह कौवा वहां से आ गया। तभी से कौवों और उल्लुओं में स्वाभाविक बैर चला आता है।

कहानी सुनने के बाद मेघवर्ण ने पूछा–अब हमें क्या करना चाहिए?

स्थिरजीवी ने धीरज बंधाते हुए कहा–हमें छल द्वारा शत्रु पर विजय पानी चाहिए। छल से अत्यन्त बुद्धिमान ब्राह्मण को भी मूर्ख बनाकर धूर्तों ने जीत लिया था।

मेघवर्ण ने पूछा–कैसे?

स्थिरजीवी ने तब धूर्तों और ब्राह्मण की यह कथा सुनाई :

धूर्तों के हथकंडे

एक स्थान पर मित्र शर्मा नाम का धार्मिक ब्राह्मण रहता था। एक दिन माघ महीने में, जब आकाश पर थोड़े-थोड़े बादल मंडरा रहे थे, वह अपने गांव से चला और दूर के गांव में जाकर अपने यजमान से बोला–यजमान जी! मैं अगली अमावस के दिन यज्ञ कर रहा हूं। उसके लिए एक पशु दे दो।

यजमान ने हृष्ट-पुष्ट पशु उसे दान दे दिया। ब्राह्मण ने भी पशु को अपने कंधों पर उठाकर जल्दी-जल्दी अपने घर की राह ली। ब्राह्मण के

पास मोटा-ताजा पशु देखकर तीन ठगों के मुख में लोभ वश पानी आ गया। वे कई दिनों से भूखे थे। उन्होंने उस पशु को हस्तगत करने की योजना बनाई। उसके अनुसार उनमें से एक वेश बदलकर ब्राह्मण के सामने आ गया बोला-ब्राह्मण! तुम्हारी बुद्धि को क्या हो गया है? इस अस्पृश्य-अपवित्र कुत्ते को कन्धों पर उठाकर क्यों ले जा रहे हो? लोग तुम पर हंसेंगे।

ब्राह्मण ने क्रोध में आकर उसका उत्तर दिया-मूर्ख! कहीं तू अन्धा तो नहीं है, जो इस पशु को कुत्ता कहता है?

कुछ रास्ता पार करने के बाद दूसरा धूर्त भी वेश बदलकर ब्राह्मण के सामने आकर कहने लगा-ब्राह्मण! यह क्या अनर्थ कर रहे हो? इस मरे पशु को कन्धों पर उठाकर क्यों ले जा रहे हो?

उसे भी ब्राह्मण ने क्रोध से फटकारते हुए कहा-अन्धा तो नहीं हो गया तू जो इसे मृत पशु बतला रहा है?

ब्राह्मण थोड़ी ही दूर और गया होगा कि तीसरा धूर्त भी वेश बदलकर सामने से आ गया। ब्राह्मण को देखकर वह भी कहने लगा-छिः छिः ब्राह्मण! यह क्या कर रहे हो? गधे को कन्धों पर उठाकर ले जाते हो! गधे को तो छूकर भी स्नान करना पड़ता है। इसे छोड़ दो। कहीं कोई देख लेगा तो गांव भर में तुम्हारा अपयश हो जाएगा।

यह सुनकर ब्राह्मण ने उस पशु को गधा मानकर रास्ते में छोड़ दिया। वह पशु छूटकर घर की ओर भागा, लेकिन ठगों ने मिलकर उसे पकड़ लिया और खा डाला।

इसीलिए मैं कहता हूं कि बुद्धिमान व्यक्ति भी छल-बल से पराजित हो जाते हैं। इसके अतिरिक्त बहुत-से दुर्बलों के साथ भी विरोध करना अच्छा नहीं होता। सांप ने चींटियों से विरोध किया था, बहुत होने से चींटियों ने सांप को मार डाला।

मेघवर्ण ने पूछा-यह कैसे?

स्थिरजीवी ने तब सांप-चींटियों की कथा सुनाई :

बहुतों से बैर न करो

एक वाल्मीक में बहुत बड़ा काला नाग रहता था। अभिमानी होने के कारण उसका नाम था अतिदर्प। एक दिन वह अपने बिल को छोड़कर एक और संकीर्ण बिल से बाहर जाने का यत्न करने लगा। इससे उसका शरीर कई स्थानों से छिल गया। जगह-जगह घाव हो गए और खून निकलने लगा। खून की गन्ध पाकर चींटियां आ गईं और उसे घेरकर तंग करने लगीं। सांप ने कई चींटियों को मारा, किन्तु कहां तक मारता? अन्त में चींटियों ने ही उसे काट-काटकर मार दिया।

स्थिरजीवी ने कहा–इसीलिए मैं कहता हूं कि बहुतों के साथ विरोध न करो।

मेघवर्ण–आप जैसा आदेश करेंगे, वैसे ही मैं करूंगा।

स्थिरजीवी–अच्छी बात है। मैं स्वयं गुप्तचर का काम करूंगा। तुम मुझसे लड़कर, मुझे लहूलुहान करने के बाद इसी वृक्ष के नीचे फेंककर स्वयं सपरिवार ऋष्यमूक पर्वत पर चले जाओ। मैं तुम्हारे शत्रु उल्लुओं का विश्वासपात्र बनकर उन्हें इस वृक्ष पर बने अपने दुर्ग में बसा लूंगा और अवसर पाकर उन सबका नाश कर दूंगा। तब तुम फिर यहां आ जाना।

मेघवर्ण ने ऐसा ही किया। थोड़ी देर में दोनों की लड़ाई शुरू हो गई। दूसरे कौवे जब उसकी सहायता को आए तो उसने उन्हें दूर करके कहा–इसका दंड मैं स्वयं दे दूंगा। अपनी चोंचों के प्रहार से घायल करके वह स्थिरजीवी को वहीं फेंकने के बाद अपने-आप परिवार सहित ऋष्यमूक पर्वत पर चला गया।

तब उल्लू की मित्र कृकालिका ने मेघवर्ण के भागने और अमात्य स्थिरजीवी से लड़ाई होने की बात उलूकराज से कह दी। उलूकराज ने भी रात आने पर दल-बल समेत पीपल के वृक्ष पर आक्रमण कर दिया। उसने सोचा–भागते हुए शत्रु को नष्ट करना अधिक सहज होता है। पीपल के वृक्ष को घेरकर उसने शेष रह गए सभी कौवों को मार दिया।

अभी उलूकराज की सेना भागे हुए कौवों का पीछा करने की सोच ही रही थी कि आहत स्थिरजीवी ने कराहना शुरू कर दिया। उसे सुनकर सबका ध्यान उसकी ओर गया। सब उल्लू उसे मारने को झपटे। तब स्थिरजीवी ने कहा :

–इससे पूर्व कि तुम मुझे जान से मार डालो, मेरी एक बात सुन लो। मैं मेघवर्ण का मंत्री हूं। मेघवर्ण ने ही मुझे घायल करके इस तरह फेंक दिया था। मैं तुम्हारे राजा से बहुत-सी बातें कहना चाहता हूं। उससे मेरी भेंट करवा दो।–सब उल्लुओं ने उलूकराज से यह बात कही। उलूकराज स्वयं वहां आया। स्थिरजीवी को देखकर वह आश्चर्य से बोला–तेरी यह दशा किसने कर दी?

स्थिरजीवी–देव! बात यह हुई कि दुष्ट मेघवर्ण आपके ऊपर सेना-सहित आक्रमण करना चाहता था। मैंने उसे रोकते हुए कहा कि वे बहुत बलशाली हैं, उससे युद्ध मत करो, उनसे सुलह कर लो। बलशाली शत्रु से सन्धि करना ही उचित है, उसे सब कुछ देकर भी वह अपने प्राणों की रक्षा तो कर ही लेता है। मेरी बात सुनकर उस दुष्ट मेघवर्ण ने समझा कि मैं आपका हितचिन्तक हूं। इसीलिए वह मुझ पर झपट पड़ा। अब आप ही मेरे स्वामी हैं। मैं आपकी शरण में आया हूं। जब मेरे घाव भर जाएंगे तो मैं स्वयं आपके साथ जाकर मेघवर्ण को खोज निकालूंगा और उसके सर्वनाश में आपका सहायक बनूंगा।

स्थिरजीवी की बात सुनकर उलूकराज ने अपने सभी पुराने-मंत्रियों से सलाह ली। उसके पास भी पांच मंत्री थे, रक्ताक्ष, क्रूराक्ष, दीप्ताक्ष, वक्रनास, प्राकारकर्ण।

पहले उसने रक्ताक्ष से पूछा–इस शरणागत शत्रु-मंत्री के साथ कौन-सा व्यवहार किया जाए?–रक्ताक्ष ने कहा कि इसे अविलम्ब मार दिया जाए। शत्रु को निर्बल अवस्था में ही मार देना चाहिए, अन्यथा बली होने के बाद वही दुर्जेय हो जाता है। इसके अतिरिक्त एक और बात है, एक बार टूटकर जुड़ी हुई प्रीति स्नेह के अतिशय प्रदर्शन से भी बढ़ नहीं सकती।

उलूकराज ने पूछा–वह कैसे?

रक्ताक्ष ने तब ब्राह्मण और सांप की यह कथा सुनाई :

टूटी प्रीति जुड़े न दूजी बार

एक स्थान पर हरिदत्त नाम का ब्राह्मण रहता था। पर्याप्त भिक्षा न मिलने से उसने खेती करना शुरू कर दिया था, किन्तु खेती कभी ठीक नहीं हुई। किसी-न-किसी कारण फसल खराब हो जाती थी।

गर्मियों के दिनों में एक दिन वह अपने खेत में वृक्ष की छाया के नीचे लेटा हुआ था कि उसने पास ही एक बिल पर फन फैलाकर बैठे भयंकर सांप को देखा। सांप को देखकर सोचने लगा, अवश्यमेव यही मेरा क्षेत्र-देवता है, मैंने इसकी कभी पूजा नहीं की, तभी मेरी खेती सूख जाती है। अब इसकी पूजा किया करूंगा। यह सोचकर वह कहीं से दूध मांगकर पात्र में डाल लाया और बिल के पास जाकर बोला–क्षेत्रपाल! मैंने अज्ञानवश आज तक तेरी पूजा नहीं की। आज मुझे ज्ञान हुआ है। पूजा की भेंट स्वीकार करो और मेरे पिछले अपराधों को क्षमा कर दो। यह कहकर वह दूध का पात्र वहीं रखकर वापस आ गया।

अगले दिन सुबह जब बिल के पास गया तो देखता क्या है कि सांप ने दूध पी लिया है और पात्र में एक सोने की मुहर पड़ी है। दूसरे दिन भी ब्राह्मण ने जिस पात्र में दूध रखा था कि उसमें सोने की मुहर पड़ी मिली। इसके बाद प्रतिदिन उसे दूध के बदले सोने की मुहर मिलने लगी। वह भी नियम से प्रतिदिन दूध देने लगा।

एक दिन हरिदत्त को गांव से बाहर जाना था। इसीलिए उसने अपने पुत्र को पूजा का दूध ले जाने के लिए आदेश दिया। पुत्र ने भी पात्र में दूध रख दिया। दूसरे दिन उसे भी मुहर मिल गई। तब वह सोचने लगा, इस वल्मीक में सोने की मोहर का खजाना छिपा हुआ है, क्यों न इसे तोड़कर पूरा खजाना एक बार ही हस्तगत कर लिया जाए।–यह सोचकर उसने अगले दिन जब दूध का पात्र रखा और सांप दूध पीने आया तो

उसने लाठी से सांप पर प्रहार किया। लाठी का निशाना चूक गया। सांप ने क्रोध में आकर हरिदत्त के पुत्र को काट लिया, जिससे वह वहीं मर गया।

दूसरे दिन जब हरिदत्त वापस आया तो स्वजनों से पुत्र-मृत्यु का सब वृत्तान्त सुनकर बोला—पुत्र ने अपने किए का फल पाया है। जो व्यक्ति अपनी शरण में आए जीवों पर दया नहीं करता उसके बने-बनाए काम बिगड़ जाते हैं, जैसे पद्मसर में हंसों का काम बिगड़ गया।

स्वजनों ने पूछा—कैसे?

हरिदत्त ने तब हंसों की अगली कथा सुनाई :

शरणागत को दुतकारो नहीं

एक नगर में चित्ररथ नाम का राजा रहता था। उसके पास एक पद्मसर नाम का तालाब था। राजा के सिपाही उसकी रखवाली करते थे। तालाब में बहुत-से स्वर्णमय हंस करते थे। प्रति छः महीने बाद वे हंस अपना एक पंख उतार देते थे। इससे राजा को छः महीने बाद अनेक सोने के पंख मिल जाते थे।

कुछ दिन बाद वहां एक बहुत बड़ा स्वर्ण पक्षी आ गया। हंसों ने उस पक्षी से कहा कि तुम तालाब में मत रहो। हम इस तालाब में प्रति छः मास बाद सोने का पंख देकर रहते हैं। मूल्य देकर हमने यह तालाब किराए पर ले रखा है। पक्षी ने हंसों की बात पर कान नहीं दिए। दोनों में संघर्ष चलता रहा।

एक दिन वह पक्षी राजा के पास आकर बोला—महाराज! ये हंस कहते हैं कि यह तालाब उनका है, राजा का नहीं, राजा उनका कुछ बिगाड़ नहीं सकता। मैंने उनसे कहा कि तुम राजा के प्रति अपमान-भरे शब्द मत कहो, किन्तु वे न माने।

राजा कानों का कच्चा था। उसने पक्षी के कथन को सत्य मानकर तालाब के स्वर्णमय हंसों को मारने के लिए अपने सिपाहियों को भेज

दिया। हंसों ने जब सिपाहियों को लाठियां लेकर तालाब की ओर आते देखा तो वे समझ गए कि अब इस स्थान पर रहना उचित नहीं। अपने वृद्ध नेता की सलाह से वे उसी समय वहां से उड़ गए।

स्वजनों को यह कहानी कहने के बाद हरिदत्त शर्मा ने फिर क्षेत्रपाल सांप की पूजा का विचार किया। दूसरे दिन पहले की तरह दूध लेकर वल्मीक पर पहुंचा, और सांप की स्तुति प्रारम्भ की। सांप बहुत देर बाद वल्मीक से थोड़ा बाहर निकलकर ब्राह्मण से बोला–ब्राह्मण! अब तू पूजा-भाव से नहीं, बल्कि लोभ से यहां आया है। अब तेरा-मेरा प्रेम नहीं हो सकता। तेरे पुत्र ने जवानी के जोश में मुझ पर लाठी का प्रहार किया। मैंने उसे डंस लिया। तब न तो तू ही पुत्र–वियोग के दुःख को भूल सकता है और न ही मैं लाठी-प्रहार के कष्ट को भुला सकता हूं।

यह कहकर वह एक बहुत बड़ा हीरा देकर अपने बिल में घुस गया और जाते हुए कह गया कि आगे कभी इधर आने का कष्ट न करना।

रक्ताक्ष से सलाह लेने के बाद उलूकराज ने दूसरे क्रूराक्ष से सलाह ली कि स्थिरजीवी का क्या किया जाए?

क्रूराक्ष ने कहा–शरणागत का सत्कार हमें उसी तरह करना चाहिए जिस तरह कबूतर ने अपना मांस देकर किया था।

राजा ने पूछा–किस तरह?

तब क्रूराक्ष ने कपोत-व्याध की यह कथा सुनाई :

शरणागत के लिए आत्मोत्सर्ग

एक जगह एक लोभी और निर्दयी व्याध रहता था। पक्षियों को मारकर खाना ही उसका काम था। इस भयंकर काम के कारण उसके प्रियजनों ने भी उसका त्याग कर दिया था। तब से वह अकेला ही हाथ में जाल और लाठी लेकर जंगलों में पक्षियों के शिकार के लिए घूमा करता था।

एक दिन उसके जाल में एक कबूतरी फंस गई। उसे लेकर जब वह अपनी कुटिया की ओर चला तो आकाश बादलों से घिर गया। मूसलाधार वर्षा होने लगी। सर्दी से ठिठुरकर व्याध आश्रय की खोज करने लगा। थोड़ी दूर पर पीपल का वृक्ष था। उसके खोल में घुसते हुए उसने कहा–यहां जो भी रहता है, मैं उसकी शरण जाता हूं। इस समय जो मेरी सहायता करेगा उसका जन्म-भर ऋणी रहूंगा।

उस खोल में वही कबूतर रहता था, जिसकी पत्नी को व्याध ने जाल में फंसाया था। कबूतर उस समय पत्नी के वियोग से दुखी होकर विलाप कर रहा था। पति को प्रेमातुर पाकर कबूतरी का मन आनन्द से नाच उठा। उसने मन-ही-मन सोचा, मेरे धन्य भाग्य हैं जो ऐसा प्रेमी पति मिला है। पति का प्रेम ही पत्नी का जीवन है। पति की प्रसन्नता से ही स्त्री-जीवन सफल होता है, मेरा जीवन सफल हुआ। यह विचार कर वह पति से बोली–पतिदेव! मैं तुम्हारे सामने हूं। इस व्याध ने मुझे बांध लिया है। यह मेरे पुराने कर्मों का फल है। हम अपने कर्म-फल से ही दुःख भोगते हैं। मेरे बंधन की चिन्ता छोड़कर तुम इस समय अपने शरणागत अतिथि की सेवा करो। जो जीवन अपने अतिथि का सत्कार नहीं करता उसके सब पुण्य छूटकर अतिथि के साथ चले जाते हैं और सब पाप वहीं रह जाते हैं।

पत्नी की बात सुनकर कबूतर ने व्याध से कहा–चिन्ता न करो, वधिक! इस घर को भी अपना ही जानो। कहो, मैं तुम्हारी कौन-सी सेवा कर सकता हूं?

व्याध–मुझे सर्दी सता रही है, इसका उपाय कर दो।

कबूतर ने लकड़ियां इकट्ठी करके जला दी और कहा–तुम आग सेंककर सर्दी दूर कर लो।

कबूतर को अब अतिथि-सेवा के लिए भोजन की चिन्ता हुई, किन्तु उसके घोंसले में तो अन्न का एक दाना नहीं था। बहुत सोचने के बाद उसने अपने शरीर से ही व्याध की भूख मिटाने का विचार किया। यह

सोचकर वह महात्मा कबूतर स्वयं जलती आग में कूद पड़ा। अपने शरीर का बलिदान करके भी उसने व्याध के तर्पण करने का प्रण किया।

व्याध ने जब कबूतर का यह अद्भुत बलिदान देखा तो आश्चर्य में डूब गया। उसकी आत्मा उसे धिक्कारने लगी। उसी क्षण उसने कबूतरी को जाल से निकालकर मुक्त कर दिया और पक्षियों को फंसाने के जाल व अन्य उपकरणों को तोड़-फोड़कर फेंक दिया।

कबूतरी अपने पति को आग में जलता देखकर विलाप करने लगी। उसने सोचा—अपने पति के बिना अब मेरे जीवन का प्रयोजन ही क्या है? मेरा संसार उजड़ गया अब किसके लिए प्राण धारण करूं?
—सोचकर वह पतिव्रता भी आग में कूद पड़ी। इन दोनों के बलिदान पर आकाश से पुष्पवर्षा हुई। व्याध ने भी उसी दिन से प्राणी-हिंसा छोड़ दी।

क्रूराक्ष के बाद अरिमर्दन ने दीप्ताक्ष से प्रश्न किया।

दीप्ताक्ष ने यही सम्मति दी।

इसके बाद अरिमर्दन ने वक्रनास से प्रश्न किया। वक्रनास ने भी कहा—देव! हमें इस शरणागत शत्रु की हत्या नहीं करनी चाहिए। कई बार शत्रु भी हित का कार्य कर देते हैं। आपस में ही जब उनका विवाद हो जाए तो एक शत्रु दूसरे शत्रु को स्वयं नष्ट कर देता है। इसी तरह एक बार चोर ने ब्राह्मण के प्राण बचाए थे, और राक्षस ने चोरों के हाथों ब्राह्मण के बैलों की चोरी को बचाया था।

अरिमर्दन ने पूछा—किस तरह?

वक्रनास ने तब चोर और राक्षस की यह कहानी सुनाई :

शत्रु का शत्रु मित्र

एक गांव में द्रोण नाम का ब्राह्मण रहता था। भिक्षा मांगकर उसकी जीविका चलती थी। सर्दी-गर्मी रोकने के लिए उसके पास पर्याप्त वस्त्र भी नहीं थे। एक बार किसी यजमान ने ब्राह्मण पर दया करके उसे बैलों की जोड़ी दे दी। ब्राह्मण ने उनका भरण-पोषण बड़े यत्न से किया।

आस-पास से घी-तेल अनाज मांग कर भी उन बैलों को भरपेट खिलाता रहा। इससे दोनों बैल खूब मोटे-ताजे हो हो गए। उन्हें देखकर एक चोर के मन में लालच आ गया। उसने चोरी करके दोनों बैलों को भगा ले जाने का निश्चय कर लिया। इस निश्चय के साथ जब वह अपने गांव से चला तो रास्ते में उसे लम्बे-लम्बे दांतों, लाल आंखों, सूखे बालों और उभरी हुई नाक वाला एक भयंकर आदमी मिला।

उसे देखकर चोर ने डरते-डरते पूछा-तुम कौन हो?

उस भयंकर आकृति वाले आदमी ने कहा-मैं ब्रह्मराक्षस हूं, तुम कौन हो, कहां जा रहे हो?

चोर ने कहा-मैं क्रूरकर्मा चोर हूं पास वाले ब्राह्मण के घर से बैलों की जोड़ी चुराने जा रहा हूं।

राक्षस ने कहा-मित्र! पिछले छः दिन से मैंने कुछ भी नहीं खाया। चलो, आज उस ब्राह्मण को मार कर ही भूख मिटाऊंगा। हम दोनों एक ही मार्ग के यात्री हैं। चलो, साथ-साथ चलें।

शाम को दोनों छिपकर ब्राह्मण के घर में घुस गए। ब्राह्मण के शैया-शायी होने के बाद राक्षस जब उसे खाने के लिए आगे बढ़ने लगा तो चोर ने कहा-मित्र! यह बात न्यायानुकूल नहीं है। पहले मैं बैलों की जोड़ी चुरा लूं, तब तू अपना काम करना।

राक्षस ने कहा-कभी बैलों को चुराते हुए खटका हो गया और ब्राह्मण जाग पड़ा तो अनर्थ हो जाएगा, मैं भूखा ही रह जाऊंगा। इसलिए पहले मुझे ब्राह्मण को खा लेने दे, बाद में तुम चोरी कर लेना।

चोर ने उत्तर दिया-ब्राह्मण की हत्या करते हुए यदि ब्राह्मण बच गया और जागकर उसने रखवाली शुरू कर दी तो मैं चोरी नहीं कर सकूंगा। इसलिए पहले मुझे अपना काम कर लेने दे।

दोनों में इस तरह की कहा-सुनी हो रही थी कि शोर सुनकर ब्राह्मण जाग उठा। उसे जागा हुआ देखकर चोर ने ब्राह्मण से कहा-ब्राह्मण! यह राक्षस तेरी जान लेने लगा था, मैंने इसके हाथ से तेरी रक्षा कर दी।

राक्षस बोला–ब्राह्मण! यह चोर तेरे बैलों को चुराने आया था, मैंने तुझे बचा लिया।

इस बातचीत में ब्राह्मण सावधान हो गया। लाठी उठाकर वह अपनी रक्षा के लिए तैयार हो गया। उसे तैयार देखकर दोनों भाग गए।

उसकी बात सुनने के बाद अरिमर्दन ने फिर दूसरे मंत्री प्राकारकर्ण से पूछा–सचिव! तुम्हारी क्या सम्मति है?

प्राकारकर्ण ने कहा–देव! यह शरणागत व्यक्ति अवध्य ही है। हमें अपने परस्पर के मर्मों की रक्षा करनी चाहिए। जो नहीं करते वल्मीक में बैठे सांप की तरह नष्ट हो जाते हैं।

अरिमर्दन ने पूछा–किस तरह?

प्राकारकर्ण ने तब वल्मीक और सांप की यह कहानी सुनाई :

घर का भेदी

एक नगर में देवशक्ति नाम का राजा रहता था। उसके पुत्र के पेट में एक सांप चला गया था। उस सांप ने वहीं अपना बिल बना लिया था। पेट में बैठे सांप के कारण उसके शरीर का प्रतिदिन क्षय होता जा रहा था। बहुत उपचार करने के बाद भी जब स्वास्थ्य में कोई सुधार न हुआ तो अत्यन्त निराश हो राजपुत्र अपने राज्य से बहुत दूर दूसरे परदेश में चला गया और वहां सामान्य भिखारी की तरह मन्दिर में रहने लगा।

उस प्रदेश के राजा बलि के दो नौजवान लड़कियां थीं। वे दोनों प्रतिदिन सुबह अपने पिता को प्रणाम करने आती थीं। उनमें से एक राजा को नमस्कार करती हुई कहती थी–महाराज! जय हो। आपकी कृपा से ही संसार में सब सुख हैं। दूसरी कहती थी–महाराज! ईश्वर आपके कर्मों का फल दे। दूसरी के वचन को सुनकर महाराज क्रोधित हो जाता था। एक दिन इसी क्रोधावेश में उसने मंत्री को बुलाकर आज्ञा दी–मंत्री! इस कटु बोलने वाली लड़की को किसी गरीब परदेसी के हाथों में दे दो जिससे यह अपने कर्मों का फल स्वयं चखे।

मंत्रियों ने राजाज्ञा से उस लड़की का विवाह मन्दिर में सामान्य भिखारी की तरह ठहरे परदेसी राजपुत्र के साथ कर दिया। राजकुमारी ने उसे ही अपना पति मानकर सेवा की। दोनों ने उस देश को छोड़ दिया।

थोड़ी दूर जाने पर वे एक तालाब के किनारे ठहरे। वहां राजपुत्र को छोड़कर उसकी पत्नी पास के गाँव में घी-तेल-अन्न आदि सौदा लेने गई। सौदा लेकर जब वह वापस आ रही थी, तब उसने देखा उसका पति तालाब से कुछ दूरी पर एक सांप के बिल के पास सो रहा है। उसके मुख से एक फनियल सांप बाहर निकलकर हवा खा रहा था। एक दूसरा सांप भी अपने बिल से निकलकर फन फैलाए वहीं बैठा था। दोनों में बातचीत हो रही थी।

बिल वाला सांप पेट वाले सांप से कह रहा था–दुष्ट! तू इतने सर्वांग सुन्दर राजकुमार का जीवन क्यों नष्ट कर रहा है?

पेट वाला साँप बोला–तू भी तो इस बिल में पड़े स्वर्णकलश को दूषित कर रहा है।

बिल वाला साँप बोला–तो क्या तू समझता है कि तुझे पेट से निकालने की दवा किसी को मालूम नहीं? कोई भी व्यक्ति राजकुमार को उबाली हुई राई की कांजी पिलाकर तुझे मार सकता है।

पेट वाला सांप बोला–तुझे भी तेरे बिल में गरम तेल डालकर कोई भी मार सकता है।

इस तरह दोनों ने एक-दूसरे का भेद खोल दिया। राजकन्या ने दोनों की बातें सुन ली थीं। उसने उनकी बताई विधियों से ही दोनों को नाश कर दिया। उसका पति भी निरोग हो गया। और बिल में से स्वर्ण-भरा कलश पाकर उनकी गरीबी दूर हो गई। तब, दोनों अपने देश को चल दिए। राजपुत्र के माता-पिता ने उनका स्वागत किया। अरिमर्दन ने भी प्राकारकर्ण की बात का समर्थन करते हुए यही निश्चय किया कि स्थिरजीवी की हत्या न की जाए। रक्ताक्ष का उलूकराज के इस निश्चय पर गहरा मतभेद था। वह स्थिरजीवी की मृत्यु में ही उल्लुओं का हित

देखता था। अतः उसने अपनी सम्मति प्रकट करते हुए अन्य मंत्रियों से कहा कि तुम अपनी मूर्खता से उलूकवंश का नाश कर दोगे, किन्तु रक्ताक्ष की बात पर किसी ने ध्यान नहीं दिया।

उलूकराज के सैनिकों ने स्थिरजीवी कौवे को शय्या पर लिटाकर अपने पर्वतीय दुर्ग की ओर कूच कर दिया। दुर्ग के पास पहुंचकर स्थिरजीवी ने उलूकराज से निवेदन किया—महाराज! मुझ पर इतनी कृपा क्यों करते हो! मैं इस योग्य नहीं हूं। अच्छा हो, आप जलती हुई आग में डाल दें।

उलूकराज ने कहा—ऐसा क्यों कहते हो?

स्थिरजीवी—स्वामी! आग में जलकर मेरे पापों का प्रायश्चित हो जाएगा। मैं चाहता हूं कि मेरा वायसत्व आग में नष्ट हो जाए और मुझमें उलूकत्व आ जाए, तभी मैं उस पापी मेघवर्ण से बदला ले सकूंगा।

रक्ताक्ष स्थिरजीवी की इन पाखंड-भरी चालों को खूब समझ रहा था। उसने कहा—स्थिरजीवी! तू बड़ा चतुर और कुटिल है। मैं जानता हूं कि उल्लू बनकर भी तू कौवों का ही हित सोचेगा। तुझे भी उसी चुहिया की तरह अपने वंश से प्रेम है, जिसने सूर्य, चन्द्र, पवन, आदि वरों को छोड़कर एक चूहे का ही वरण किया था।

मंत्रियों ने रक्ताक्ष से पूछा—वह किस तरह?

रक्ताक्ष ने चुहिया के स्वयंवर की कथा सुनाई :

चुहिया का स्वयंवर

गंगा नदी के किनारे एक तपस्वियों का आश्रम था। वहां याज्ञवल्क्य नाम के मुनि रहते थे। मुनिवर एक नदी के किनारे जल लेकर आचमन कर रहे थे कि पानी से भरी हथेली में ऊपर से एक चुहिया गिर गई। उस चुहिया को आकाश में बाज लिए जा रहा था। उसके पंजे से छूटकर वह नीचे गिर गई। मुनि ने उसे पीपल के पत्ते पर रखा और फिर से गंगाजल से स्नान किया। चुहिया में अभी प्राण शेष था। उसे मुनि ने अपने प्रताप

से कन्या का रूप दे दिया और अपने आश्रम में ले आए। पत्नी को कन्या अर्पित करते हुए मुनि ने कहा कि इसे अपनी ही लड़की की तरह पालना। उनके अपने कोई सन्तान नहीं थी, इसलिए मुनि-पत्नी ने उसका लालन-पालन बड़े प्रेम से किया। बारह वर्ष तक वह उनके आश्रम में पलती रही।

जब वह विवाह-योग्य अवस्था की हो गई तो पत्नी ने मुनि से कहा–नाथ! अपनी कन्या अब विवाह-योग्य हो गई है। इसके विवाह का प्रबन्ध कीजिए। मुनि ने कहा–मैं अभी आदित्य को बुलाकर इसे उसके हाथ सौंप देता हूं। यदि इसे स्वीकार होगा तो उसके साथ विवाह कर लेगी, अन्यथा नहीं। मुनि ने आदित्य को बुलाकर अपनी कन्या से पूछा–पुत्री! क्या तुझे यह त्रिलोक को प्रकाश देने वाला सूर्य पति रूप में स्वीकार है? पुत्री ने उत्तर दिया–तात! यह तो आग जैसा गरम है, मुझे स्वीकार नहीं। इससे अच्छा कोई वर बुलाइए। मुनि ने सूर्य से पूछा कि वह अपने से अच्छा कोई वर बतलाए। सूर्य ने कहा–मुझसे अच्छे मेघ हैं, जो मुझे ढककर छिपा लेते हैं। मुनि ने मेघ को बुलाकर पूछा–क्या यह तुझे स्वीकार है? कन्या ने कहा–यह तो बहुत काला है। इससे भी अच्छे किसी वर को बुलाओ। मुनि ने मेघ से भी पूछा कि उससे अच्छा कौन है। मेघ ने कहा हमसे अच्छा पवन है, जो हमें उड़ाकर दिशा-दिशा में ले जाता है। मुनि ने पवन को बुलाया और कन्या से स्वीकृति ली। कन्या ने कहा–तात, यह तो बड़ा चंचल है। इससे भी किसी अच्छे वर को बुलाओ। मुनि ने पवन से भी पूछा कि उससे अच्छा कौन है। पवन ने कहा–मुझसे अच्छा पर्वत है, जो बड़ी-से-बड़ी आंधी में भी स्थिर रहता है। मुनि ने पर्वत को बुलाया तो कन्या ने कहा–तात! यह तो बड़ा कठोर और गम्भीर है, इससे भी अच्छा कोई वर बुलाओ!–मुनि ने पर्वत से कहा कि वह अपने से अच्छा कोई वर सुझाए। तब पर्वत ने कहा–मुझसे अच्छा तो चूहा है जो मुझे तोड़कर अपना बिल बना लेता है–मुनि ने तब चूहे को बुलाया और कन्या से कहा–पुत्री! यह मूषकराज

तुझे स्वीकार हो तो इससे विवाह कर ले। मुनि–कन्या ने मूषकराज को बड़े ध्यान से देखा। उसके साथ उसे विलक्षण अपनापन अनुभव हो रहा था। प्रथम दृष्टि में ही वह उस पर मुग्ध हो गई और बोली–मुझे मूषिका बनाकर मूषकराज के हाथ सौंप दीजिए।

मुनि ने अपने तपोबल से उसे फिर से चुहिया बना दिया और चूहे के साथ उसका विवाह कर दिया।

रक्ताक्ष द्वारा यह कहानी सुनने के बाद भी उलूकराज के सैनिक स्थिरजीवी को अपने दुर्ग में ले आए। दुर्ग के द्वार पर पहुंचकर उलूकराज अरिमर्दन ने अपने साथियों से कहा कि स्थिरजीवी को वही स्थान दिया जाए जहां वह रहना चाहे। स्थिरजीवी ने सोचा कि उसे दुर्ग के द्वार पर ही रहना चाहिए, जिससे दुर्ग से बाहर जाने का अवसर मिलता रहे। यही सोच उसने उलूकराज से कहा–देव! आपने मुझे यह आदर देकर बहुत लज्जित किया है। मैं तो आपका सेवक ही हूं और सेवक के स्थान पर ही रहना चाहता हूं। मेरा स्थान दुर्ग के द्वार पर रखिए। द्वार की जो धूलि आपके पद–कमलों से पवित्र होगी उसे अपने मस्तक पर रखकर ही मैं अपने को सौभाग्यवान मानूंगा।

उलूकराज इन मीठे वचनों को सुनकर फूले न समाए। उन्होंने अपने साथियों को कहा कि स्थिरजीवी को यथेष्ट भोजन दिया जाए।

प्रतिदिन स्वाद और पुष्ट भोजन खाते–पीते स्थिरजीवी थोड़े ही दिनों में पहले–जैसा मोटा और बलवान हो गया। रक्ताक्ष ने जब स्थिरजीवी को हृष्ट–पुष्ट होते देखा तो वह मंत्रियों से बोला–यहां सभी मूर्ख हैं। जिस तरह सोने की बीट देने वाले पक्षी ने कहा कि यहां सब मूर्ख हैं, उसी तरह मैं कहता हूं, यहां सभी मूर्ख–मंडल है।

मंत्रियों ने पूछा–किस पक्षी की तरह?

तब रक्ताक्ष ने स्वर्ण पक्षी की यह कहानी सुनाई :

मूर्खमण्डली

एक पर्वतीय प्रदेश में महाकाय वृक्ष पर सिन्धुक नाम का एक पक्षी रहता था। उसकी विष्ठा में स्वर्ण-कण होते थे। एक दिन एक व्याध उधर से गुजर रहा था। व्याध को उसकी विष्ठा के स्वर्णमयी होने का ज्ञान नहीं था। इससे सम्भव था कि व्याध उसकी उपेक्षा करके आगे निकल जाता, किन्तु मूर्ख सिन्धुक पक्षी ने वृक्ष के ऊपर से व्याध के सामने ही स्वर्ण-कण-पूर्ण विष्ठा कर दी। उसे देख व्याध ने वृक्ष पर जाल फैला दिया और स्वर्ण के लोभ में उसे पकड़ लिया।

उसे पकड़कर व्याध अपने घर ले आया। वहां उसे पिंजरे में रख लिया, लेकिन दूसरे ही दिन उसे यह डर सताने लगा कि कोई आदमी पक्षी की विष्ठा के स्वर्णमय होने की बात राजा को बता देगा, तो उसे राजा के सम्मुख दरबार में पेश होना पड़ेगा। सम्भव है राजा उसे दंड भी दें। इस भय से उसने स्वयं राजा के सामने पक्षी को पेश कर दिया।

राजा ने पक्षी को पूरी सावधानी के साथ रखने की आज्ञा दी, किन्तु राजा के मंत्री ने राजा को सलाह दी कि इस व्याध की मूर्खतापूर्ण बात पर विश्वास करके उपहास का पात्र न बनें। कभी कोई पक्षी भी स्वर्णमयी विष्ठा दे सकता है? इसे छोड़ दीजिए। राजा ने मंत्री की सलाह मानकर उसे छोड़ दिया। जाते हुए वह राज्य के प्रवेश-द्वार पर बैठकर फिर स्वर्णमयी विष्ठा कर गया और जाते-जाते कहता गया :

पूर्वन्तावदहं मूर्खो द्वितीयः पाशबन्धकः।
ततो राजा च मन्त्री च सर्वं वै मूर्खमण्डलम्।।

अर्थात्, पहले तो मैं ही मूर्ख था, जिसने व्याध के सामने विष्ठा की, फिर व्याध ने मूर्खता दिखलाई जो व्यर्थ ही मुझे राजा के सामने ले आया, उसके बाद राजा और मंत्री भी मूर्खों के सरताज निकले। इस राज्य में सब मूर्ख-मंडल ही एकत्र हुआ है।

रक्ताक्ष द्वारा कहानी सुनने के बाद भी मंत्रियों ने अपनी मूर्खता-भरे व्यवहार में परिवर्तन नहीं किया। पहले की तरह वे स्थिरजीवी को अन्न-मांस खिला-पिलाकर मोटा करते रहे।

रक्ताक्ष ने यह देखकर अपने पक्ष के साथियों से कहा कि अब यहां हमें नहीं ठहरना चाहिए। हम किसी दूसरे पर्वत की कन्दरा में अपना दुर्ग बना लेंगे। हमें उस बुद्धिमान गीदड़ की तरह आने वाले संकट को देख लेना चाहिए, और देखकर अपनी गुफा को छोड़ देना चाहिए जिसने शेर के डर से अपना घर छोड़ दिया था।

उसके साथियों ने पूछा—किस गीदड़ की तरह?

रक्ताक्ष ने तब शेर और गीदड़ की वह कहानी सुनाई, जिसमें गुफा बोली थी :

बोलने वाली गुफा

एक जंगल में खरनख नाम का शेर रहता था। एक बार इधर-उधर बहुत दौड़-धूप करने के बाद उसके हाथ कोई शिकार नहीं आया। भूख-प्यास से उसका गला सूख रहा था। शाम होने पर उसे एक गुफा दिखाई दी। वह उस गुफा के अन्दर घुस गया और सोचने लगा, रात के समय रहने के लिए इस गुफा में कोई जानवर आवश्य आएगा, उसे मारकर भूख मिटाऊंगा। तब तक इस गुफा में ही छिपकर बैठता हूं।

इसी बीच उस गुफा का अधिवासी दधिपुच्छ नाम का गीदड़ वहां आ गया। उसने देखा, गुफा के बाहर शेर के पद-चिह्नों की पंक्ति है। पद-चिह्न गुफा के अन्दर तो गए थे, लेकिन बाहर नहीं आए थे। गीदड़ ने सोचा, मेरी गुफा में कोई शेर गया अवश्य है, लेकिन वह बाहर आया या नहीं, इसका पता कैसे लगाया जाए। अन्त में उसे एक उपाय सूझ गया। गुफा के द्वार पर बैठकर वह किसी को सम्बोधन करके पुकारने लगा—मित्र! मैं आ गया हूं। तूने मुझे वचन दिया था कि मैं आऊंगा तो तू मुझसे बात करेगा। अब चुप क्यों है?

गीदड़ की पुकार सुनकर शेर ने सोचा, शायद गुफा गीदड़ के आने पर खुद बोलती है और गीदड़ से बात करती है, जो आज मेरे डर से चुप है। इसकी चुप्पी से गीदड़ को मेरे यहां होने का सन्देह हो जाएगा। इसलिए मैं स्वयं बोलकर गीदड़ को जवाब देता हूं। यह सोचकर शेर स्वयं गरज उठा।

शेर की गर्जना सुनकर गुफा भयंकर आवाज से गूंज उठी। गुफा से दूर के जानवर भी डर के इधर-उधर भागने लगे। गीदड़ भी गुफा के अन्दर से आती हुई शेर की आवाज सुनकर वहां से भाग गया। अपनी मूर्खता से शेर ने स्वयं ही उस गीदड़ को भगा दिया, जिसे पास लाकर वह खाना चाहता था। उसने यह न सोचा कि गुफा कभी बोल नहीं सकती और गुफा का बोल सुनकर गीदड़ का संदेह पक्का हो जाएगा।

रक्ताक्ष ने उक्त कहानी कहने के बाद अपने साथियों से कहा कि ऐसे मूर्ख-समुदाय में रहना विपत्ति को पास बुलाना है। उसी दिन परिवार-समेत रक्ताक्ष वहां से दूर किसी पर्वत-कन्दरा में चला गया।

रक्ताक्ष के विदा होने पर स्थिरजीवी बहुत प्रसन्न होकर सोचने लगा, यह अच्छा ही हुआ कि रक्ताक्ष चला गया। इन मूर्ख मंत्रियों में अकेला वही चतुर और दूरदर्शी था।

रक्ताक्ष के जाने के बाद स्थिरजीवी ने उल्लुओं के नाश की तैयारी पूरे जोर से शुरू कर दी। छोटी-छोटी लकड़ियां चुनकर वह पर्वत की गुफा के चारों ओर रखने लगा। जब पर्याप्त लकड़ियां एकत्र हो गईं तो वह एक दिन सूर्य के प्रकाश में उल्लुओं के अन्धे होने के बाद अपने पहले मित्र राजा मेघवर्ण के पास गया और बोला-मित्र! मैंने शत्रु को जलाकर भस्म कर देने की पूरी योजना तैयार कर ली है। तुम भी अपनी चोंचों में एक-एक जलती लकड़ी लेकर उलूकराज के दुर्ग के चारों ओर फैला दो। दुर्ग जलकर राख हो जाएगा। शत्रु दल अपने ही घर में जलकर नष्ट हो जाएगा।

यह बात सुनकर मेघवर्ण बहुत प्रसन्न हुआ। उसने स्थिरजीवी से

कहा–महाराज, कुशलक्षेम से तो रहे, बहुत दिनों के बाद आपके दर्शन हुए हैं।

स्थिरजीवी ने कहा–वत्स! यह समय बातें करने का नहीं, यदि किसी शत्रु ने वहां जाकर मेरे आने की सूचना दे दी तो बना-बनाया खेल बिगड़ जाएगा। शत्रु कहीं दूसरी जगह भाग जाएगा। जो काम शीघ्रता से करने योग्य हो, उसमें विलम्ब नहीं करना चाहिए। शत्रु कुल का नाश करके फिर शान्ति से बैठकर बातें करेंगे।

मेघवर्ण ने भी यह बात मान ली। सभी कौवे अपनी चोंचों में एक-एक जलती हुई लकड़ी लेकर शत्रु-दुर्ग की ओर चल पड़े और वहां जाकर लकड़ियां दुर्ग के चारों ओर फैला दी। उल्लुओं के घर जलकर राख हो गए और सारे उल्लू अन्दर मर गए।

इस प्रकार उल्लुओं का वंशनाश करके मेघवर्ण वायसराज फिर अपने पुराने पीपल के वृक्ष पर आ गया। विजय के उपलक्ष्य में सभा बुलाई गई। स्थिरजीवी को बहुत-सा पुरस्कार देकर मेघवर्ण ने उससे पूछा–महाराज! आपने इतने दिन शत्रु के दुर्ग में किस प्रकार व्यतीत किए? शत्रु के बीच रहना तो बड़ा संकटापन्न है। हर समय प्राण गले में अटके रहते हैं।

स्थिरजीवी ने उत्तर दिया–आपकी बात ठीक है, किन्तु मैं तो आपका सेवक हूं। सेवक को अपनी तपश्चर्या के अन्तिम फल का इतना विश्वास होता है कि वह क्षणिक कष्टों की चिन्ता नहीं करता। इसके अतिरिक्त, मैंने यह देखा कि आपके प्रतिपक्षी उलूकराज के मंत्री महामूर्ख हैं। एक रक्ताक्ष ही बुद्धिमान था, वह भी उन्हें छोड़कर चला गया। मैंने सोचा, यही समय बदला लेने का है। शत्रु के बीच विचरने वाले गुप्तचर को मान-अपमान की चिन्ता छोड़नी ही पड़ती है। वह केवल अपने राजा का स्वार्थ सोचता है। मान-मर्यादा की चिन्ता का त्याग करके वह स्वार्थ-साधन के लिए चिन्ताशील रहता है। अवसर देखकर उसे शत्रु को भी पीठ पर उठाकर चलना चाहिए, जैसे काले नाग ने

मेढकों को पीठ पर उठाया था और सैर कराई थी।

मेघवर्ण न पूछा—वह कैसे?

स्थिरजीवी ने सांप और मेढकों की यह कहानी सुनाई :

स्वार्थसिद्धि परम लक्ष्य

वरुण पर्वत के पास एक जंगल में मन्दविष नाम का बूढ़ा सांप रहता था। उसे बहुत दिनों से कुछ खाने को नहीं मिला था। बहुत भाग-दौड़ किए बिना खाने का उसने यह उपाय किया कि वह एक तालाब के पास चला गया। उसमें सैकड़ों मेढक रहते थे। तालाब के किनारे जाकर वह बहुत उदास और विरक्त-सा मुख बनाकर बैठ गया। कुछ देर बाद एक मेढक ने तालाब से निकलकर पूछा—मामा! क्या बात है, आज कुछ खाते-पीते नहीं हो। इतने उदास-से क्यों हो?

सांप ने उत्तर दिया—मित्र! मेरे उदास होने का विशेष कारण है। मेरे यहां आने का भी वही कारण है।

मेढक ने जब कारण पूछा तो सांप ने झूठ मूठ एक कहानी बना ली। वह बोला—बात यह है कि आज सुबह मैं एक मेढक को मारने के लिए जब आगे बढ़ा तो मेढक वहां से उछलकर कुछ ब्राह्मणों के बीच में चला गया। मैं भी उसके पीछे-पीछे वहां गया। वहां जाकर एक ब्राह्मण-पुत्र का पैर मेरे शरीर पर पड़ गया। तब मैंने उसे डंस लिया। वह ब्राह्मण-पुत्र वहीं मर गया। उसके पिता ब्राह्मण ने क्रोध से जलते हुए यह शाप दिया कि तुझे मेढकों का वाहक बनकर उन्हें सैर करानी होगी। तेरी सेवा से प्रसन्न होकर जो कुछ वे तुझे देंगे वही तेरा आहार होगा। स्वतंत्र रूप से तू कुछ भी खा नहीं सकेगा। यहां पर मैं तुम्हारा वाहक बनकर ही आया हूं।

उस मेढक ने यह बात अपने साथी मेढकों को भी कह दी। सब मेढक बड़े खुश हुए। उन्होंने उसका वृत्तान्त अपने राजा जलपाद को भी सुनाया। जलपाद ने अपने मंत्रियों से सलाह करके यही निश्चय किया

कि सांप को वाहक बनाकर उसकी सेवा से लाभ उठाया जाए। जलपाद के साथ सभी मेढक सांप की पीठ पर सवार हो गए। जिनको उसकी पीठ पर स्थान नहीं मिला उन्होंने सांप के पीछे गाड़ी लगाकर उसकी सवारी की।

सांप पहले तो बड़ी तेजी से दौड़ा, बाद में उसकी चाल धीमी पड़ गई। जलपाद के पूछने पर उसने इसका कारण यह बतलाया कि–आज भोजन न मिलने से मेरी शक्ति क्षीण हो गई है, कदम नहीं उठते। यह सुनकर जलपाद ने उसे छोटे-छोटे मेढकों को खाने की आज्ञा दे दी।

सांप ने कहा–मेढक महाराज! आपकी सेवा से पाए पुरस्कार को भोगकर ही मेरी तृप्ति होगी, यही ब्राह्मण का अभिशाप है। इसलिए आपकी आज्ञा से मैं बहुत उपकृत हुआ हूं। जलपाद सांप की बात सुनकर बहुत प्रसन्न हुआ।

थोड़ी देर बाद एक और काला सांप उधर से गुजरा। उसने मेढकों को सांप की सवारी करते देखा तो आश्चर्य में डूब गया। आश्चर्यान्वित होकर वह मन्दविष से बोला–भाई! जो हमारा भोजन है, उसे ही तुम पीठ पर सवारी करा रहे हो! यह तो स्वभाव-विरुद्ध बात है। मन्दविष ने उत्तर दिया–मित्र! यह बात मैं भी जानता हूं, किन्तु समय की प्रतीक्षा कर रहा हूं।

मन्दविष ने अनुकूल अवसर पाकर धीरे-धीरे सब मेढकों को खा लिया। मेढकों का वंशनाश ही हो गया।

वायसराज मेघवर्ण ने स्थिरजीवी को धन्यवाद देते हुए कहा–मित्र, आप बड़े पुरुषार्थी और दूरदर्शी हैं। एक कार्य को प्रारम्भ करके उसे अन्त तक निभाने की आपकी क्षमता अनुपम है। संसार में कई तरह के लोग हैं। नीचतम प्रवृत्ति के वे हैं जो विघ्न-भय से किसी भी कार्य का आरम्भ नहीं करते। मध्यम वे हैं, जो विघ्न-भय से हर काम को बीच में छोड़ देते हैं, किन्तु उत्कृष्ट वही हैं जो सैकड़ों विघ्नों के होते हुए भी आरम्भ किए गए काम को बीच में नहीं छोड़ते। आपने मेरे शत्रुओं का समूल नाश करके उत्तम कार्य किया है।

स्थिरजीवी ने उत्तर दिया—महाराज! मैंने अपना धर्म पालन किया। दैव ने आपका साथ दिया। पुरुषार्थ बहुत बड़ी वस्तु है, किन्तु दैव अनुकूल न हो तो पुरुषार्थ भी फलित नहीं होता। आपको अपना राज्य मिल गया, किन्तु स्मरण रखिए कि राज्य क्षणस्थायी होते हैं। बड़े-बड़े विशाल राज्य क्षणों में बनते और मिटते रहते हैं। शाम के रंगीन बादलों की तरह उनकी आभा भी क्षणजीवी होती है। इसलिए राज्य के मद में आकर अन्याय नहीं करना और न्याय से प्रजा का पालन करना। राजा प्रजा का स्वामी नहीं, सेवक होता है।

इसके बाद स्थिरजीवी की सहायता से मेघवर्ण बहुत वर्षों तक सुखपूर्वक राज्य करता रहा।

।।तृतीय तंत्र समाप्त।।

चतुर्थ तंत्र

लब्धप्रणाश

एक बड़ी झील के तट पर सब ऋतुओं में मीठे फल देने वाला जामुन का वृक्ष था। उस वृक्ष पर रक्तमुख नाम का बन्दर रहता था। एक दिन झील से निकलकर एक मगरमच्छ उस वृक्ष के नीचे आग गया। बन्दर ने उसे जामुन के वृक्ष से फल तोड़कर खिलाए। दोनों में मैत्री हो गई। मगरमच्छ जब भी वहां आता, बन्दर उसे अतिथि मानकर उसका सत्कार करता था। मगरमच्छ भी जामुन खाकर बन्दर से मीठी-मीठी बातें करता। इसी तरह दोनों की मैत्री गहरी होती गई। मगरमच्छ कुछ जामुनें वहीं खा लेता था, कुछ अपनी पत्नी के लिए अपने साथ घर ले जाता था।

एक दिन मगर-पत्नी ने पूछा-नाथ! इतने मीठे फल तुम कहाँ से और कैसे ले आते हो?

मगर ने उत्तर दिया-झील के किनारे मेरा एक मित्र बन्दर रहता है। वही मुझे ये फल देता है

मगर-पत्नी बोली-जो बन्दर इतने मीठे फल रोज खाता है, उसका दिल भी कितना मीठा होगा! मैं चाहती हूं कि तू उसका दिल मुझे ला दे। मैं उसे खाकर सदा के लिए तेरी बन जाऊंगी और हम दोनों अनन्त काल तक यौवन का सुख भोगेंगे।

मगर ने कहा-ऐसा न कह प्रिये! अब तो वह मेरा धर्म-भाई बन चुका है। अब मैं उसकी हत्या नहीं कर सकता।

मगर-पत्नी-तुमने आज तक मेरा कहा नहीं टाला था। आज यह नई बात कह रहे हो। मुझे सन्देह है कि वह बन्दर नहीं बन्दरी होगी, तुम्हारा

उससे लगाव हो गया होगा। तभी तुम प्रतिदिन वहां जाते हो। मुझे यह बात पहले मालूम नहीं थी। अब मुझे पता लगा कि तुम किसी और के लिए लम्बी सांसें लेते हो, कोई और ही तुम्हारे दिल की रानी बन चुकी है।

मगरमच्छ ने पत्नी के पैर पकड़ लिए। उसे गोदी में उठा लिया और कहा–मानिनी! मैं तेरा दास हूं, तू मुझे प्राणों से भी प्रिय है, क्रोध न कर, तुझे अप्रसन्न करके मैं जीवित न रहूंगा।

मगर-पत्नी ने आंखों में आंसू भरकर कहा–धूर्त! दिल में तो तेरे दूसरी ही बसी हुई है और मुझे झूठी प्रेम-लीला से ठगना चाहता है। तेरे दिल में अब मेरे लिए जगह ही कहां है? मुझसे प्रेम होता तो तू मेरे कथन को यों न ठुकरा देता। मैंने भी निश्चय कर लिया है कि जब तक तुम उस बन्दर का दिल लेकर मुझे नहीं खिलाओगे तब तक अनशन करूंगी, भूखी रहूंगी।

पत्नी के आमरण अनशन की प्रतिज्ञा ने मगरमच्छ को दुविधा में डाल दिया। दूसरे दिन वह बहुत दुखी दिल से बन्दर के पास गया। बन्दर ने पूछा–मित्र! आज हंसकर बात नहीं करते, चेहरा कुम्हलाया हुआ है, क्या कारण है इसका?

मगरमच्छ ने कहा–मित्रवर! आज तेरी भाभी ने मुझे बहुत बुरा-भला कहा। वह कहने लगी कि तुम बड़े निर्मोही हो, अपने मित्र को घर लाकर उसका सत्कार भी नहीं करते, इस कृतघ्नता के पाप से तुम्हारा परलोक में भी छुटकारा नहीं होगा।

बन्दर बड़े ध्यान से मगरमच्छ की बात सुनता रहा।

मगरमच्छ कहता गया–मित्र! मेरी पत्नी ने आज आग्रह किया है कि मैं उसके देवर को लेकर आऊं। तुम्हारी भाभी ने तुम्हारे सत्कार के लिए अपने घर को रत्नों की बन्दनवार से सजाया है। वह तुम्हारी प्रतीक्षा कर रही है।

बन्दर ने कहा–मित्रवर! मैं तो जाने को तैयार हूं, किन्तु मैं तो भूमि पर ही चलना जानता हूं, जल पर नहीं, कैसे जाऊंगा?

मगरमच्छ–तुम मेरी पीठ पर चढ़ जाओ, मैं तुम्हें सकुशल घर पहुंचा दूंगा।

बन्दर मगरमच्छ की पीठ पर चढ़ गया। दोनों जब झील के बीचोंबीच अगाध पानी में पहुंचे तो बन्दर ने कहा–जरा धीमे चलो मित्र! मैं तो पानी की लहरों से बिल्कुल भीग गया हूं। मुझे सर्दी लगती है।

मगरमच्छ ने सोचा, अब बन्दर मुझसे बचकर नहीं जा सकता, इसे अपने मन की बात कह देने में कोई हानि नहीं है। मृत्यु से पहले इसे अपने देवता के स्मरण का समय भी मिल जाएगा।

यह सोचकर मगरमच्छ ने अपने दिल का भेद खोल दिया–मित्र, मैं तुझे अपनी पत्नी के आग्रह पर मारने के लिए यहां लाया हूं। अब तेरा काल आ पहुंचा है। भगवान का स्मरण कर, तेरे जीवन की घड़ियां अधिक नहीं हैं।

बन्दर ने कहा–भाई! मैंने तेरे साथ कौन–सी बुराई की है, जिसका बदला तू मेरी मौत से लेना चाहता है? किस अभिप्राय से तू मुझे मारना चाहता है, बतला तो दे।

मगरमच्छ–अभिप्राय तो एक ही है, वह यह कि मेरी पत्नी तेरे मीठे दिल का रसास्वादन करना चाहती है।

यह सुनकर नीति–कुशल बन्दर ने बड़े धीरज से कहा–यदि यही बात थी तो तुमने मुझे वहीं क्यों नहीं कह दिया? मेरा दिल तो वहां वृक्ष के एक बिल में सदा सुरक्षित पड़ा रहता है, तेरे कहने पर मैं वहीं तुझे अपनी भाभी के लिए भेंट दे देता। अब तो मेरे पास दिल है ही नहीं। भाभी भूखी रह जाएगी। मुझे तू अब दिल के बिना ही लिए जा रहा है।

मगरमच्छ बन्दर की बात सुनकर प्रसन्न हो गया और बोला–यदि ऐसा ही है तो चल! मैं तुझे फिर जामुन के वृक्ष तक पहुंचा देता हूं। तू मुझे अपना दिल दे देना, मेरी दुष्ट पत्नी उसे खाकर प्रसन्न हो जाएगी। यह कहकर वह बन्दर को वापस ले आया।

बन्दर किनारे पर पहुंचकर जल्दी से वृक्ष पर चढ़ गया। उसे मानो नया जन्म मिला था। नीचे से मगरमच्छ ने कहा–मित्र, अब वह अपना दिल मुझे दे दे। तेरी भाभी प्रतीक्षा कर रही होगी।

बन्दर ने हंसते हुए उत्तर दिया—मूर्ख! विश्वासघातक! तुझे इतना भी नहीं पता कि किसी के शरीर में दो दिल नहीं होते। कुशल चाहता है तो यहाँ से भाग जा, और आगे कभी यहाँ मत आना।

मगरमच्छ बहुत लज्जित होकर सोचने लगा, मैंने अपने दिल का भेद कहकर अच्छा नहीं किया। फिर से उसका विश्वास पाने के लिए बोला—मित्र! मैंने तो हंसी-हंसी में यह बात कही थी। उसे दिल पर न लगा। अतिथि बनकर हमारे घर पर चलना तेरी भाभी बड़ी उत्कंठा से तेरी प्रतीक्षा कर रही है।

बन्दर बोला—दुष्ट! अब मुझे धोखा देने की कोशिश मत कर।

मैं तेरे अभिप्राय को जान चुका हूं। भूखे आदमी का कोई भरोसा नहीं। ओछे लोगों के दिल में दया नहीं होती। एक बार विश्वासघात होने के बाद मैं अब उसी तरह तेरा विश्वास नहीं करूंगा, जिस तरह गंगदत्त ने नहीं किया था।

मगरमच्छ ने पूछा—किस तरह?

बन्दर ने तब गंगदत्त की कथा सुनाई :

मेढक-सांप की मित्रता

एक कुएं में गंगदत्त नाम का मेढक रहता था। वह अपने मेढक दल का सरदार था। अपने बन्धु-बान्धवों के व्यवहार से खिन्न होकर वह एक दिन कुएं से बाहर निकल आया। बाहर आकर वह सोचने लगा कि किस तरह उनके बुरे व्यवहार का बदला ले।

यह सोचते-सोचते वह एक सर्प के बिल के द्वार तक पहुंचा। उस बिल में एक काला नाग रहता था। उसे देखकर उसके मन में यह विचार उठा कि इस नाग द्वारा अपनी बिरादरी के मेढकों का नाश करवा दे। शत्रु से शत्रु का वध करवाना ही नीति है। कांटे से ही कांटा निकाला जाता है। यह सोचकर वह बिल में घुस गया। बिल में रहने वाले नाग का नाम था प्रियदर्शन। गंगदत्त उसे पुकारने लगा। प्रियदर्शन ने सोचा यह

सांप की आवाज नहीं है, तब कौन मुझे बुला रहा है? किसी के कुल-शील से परिचय पाए बिना उसके संग नहीं जाना चाहिए। कहीं कोई सपेरा ही उसे बुलाकर पकड़ने के लिए न आया हो। अतः अपने बिल के अन्दर से ही उसने आवाज दी–कौन है, जो मुझे बुला रहा है?

गंगदत्त ने कहा–मैं गंगदत्त मेढक हूं। तेरे द्वार पर तुझसे मैत्री करने आया हूं।

यह सुनकर सांप ने कहा–यह बात विश्वास-योग्य नहीं हो सकती। आग और फूस में मैत्री नहीं हो सकती। भोजन-भोज्य में प्रेम कैसा? वधिक और वध्य में स्वप्न में भी मित्रता असम्भव है।

गंगदत्त ने उत्तर दिया–तेरा कहना सच है। हम परस्पर स्वभाव से बैरी है, किन्तु मैं अपने स्वजनों से अपमानित होकर प्रतिकार की भावना से तेरे पास आया हूं।

प्रियदर्शन–तू कहां रहता है?

गंगदत्त–कुएं में।

प्रियदर्शन–पत्थर से चुने कुएं में मेरा प्रवेश कैसे होगा? प्रवेश होने के बाद मैं वहां बिल कैसे बनाऊंगा?

गंगदत्त–इसका प्रबन्ध मैं कर दूंगा। वहां पहले ही बिल बना हुआ है। वहां बैठकर तू बिना कष्ट सब मेढकों का नाश कर सकता है।

प्रियदर्शन बूढ़ा सांप था। उसने सोचा, बुढ़ापे में बिना कष्ट भोजन मिलने का अवसर नहीं छोड़ना चाहिए। गंगदत्त के पीछे-पीछे वह कुएं में उत्तर गया। वहां उसने धीरे-धीरे गंगदत्त के वे सब भाई-बन्धु खा डाले, जिनसे गंगदत्त का वैर था। जब ऐसे सब मेढक समाप्त हो गए तो वह बोला :

–मित्र! तेरे शत्रुओं का तो मैंने नाश कर दिया अब कोई भी ऐसा मेढक शेष नहीं रहा जो तेरा शत्रु हो। मेरा पेट अब कैसे भरेगा? तू ही मुझे यहां लाया था, तू ही मेरे भोजन की व्यवस्था कर।

गंगदत्त ने उत्तर दिया–प्रियदर्शन, अब मैं तुझे तेरे बिल तक पहुँचा देता हूँ। जिस मार्ग से हम आए थे, उसी मार्ग से बाहर निकल चलते हैं।

प्रियदर्शन–यह कैसे सम्भव है! उस बिल पर तो अब दूसरे सांप का अधिकार हो चुका होगा।

गंगदत्त फिर क्या किया जाए?

प्रियदर्शन–अभी तक तूने अपने शत्रु मेढकों को भोजन के लिए दिया है। अब दूसरे मेढकों में से एक-एक करके मुझे देता जा, अन्यथा मैं सबको एक ही बार खा जाऊंगा।

गंगदत्त अब अपने किए पर पछताने लगा। जो अपने से अधिक बलशाली शत्रु को मित्र बनाता है उसकी भी यही दशा होती है। बहुत सोचने के बाद उसने निश्चय किया कि वह शेष रह गए मेढकों में से एक-एक को सांप का भोजन बनाता रहेगा। सर्वनाश के अवसर पर आधे को बचा लेने में ही बुद्धिमानी है। सर्वस्व-हरण के समय अल्पदान करना ही दूरदर्शिता है।

दूसरे दिन से सांप ने दूसरे मेढकों को भी खाना शुरू कर दिया। वे भी शीघ्र ही समाप्त हो गए। अन्त में एक दिन सांप ने गंगदत्त के पुत्र यमुनादत्त को भी खा लिया। गंगदत्त अपने पुत्र की हत्या पर रो उठा। उसे रोता देखकर उसकी पत्नी ने कहा–अब रोने से क्या होगा? अपने जातीय भाइयों का नाश करने वाला स्वयं नष्ट हो जाता है। अपने ही जब नहीं रहेंगे, तो कौन हमारी रक्षा करेगा?

अगले दिन प्रियदर्शन ने गंगदत्त को बुलाकर फिर कहा कि मैं भूखा हूं, मेढक तो सभी समाप्त हो गए। अब तू मेरे भोजन का कोई और प्रबन्ध कर।

गंगदत्त को उपाय सूझ गया। उसने कुछ देर विचार करने के बाद कहा–प्रियदर्शन! यहां के मेढक तो समाप्त हो गए, अब मैं दूसरे कुओं से मेढकों को बुलाकर तेरे पास लाता हूं, तू, मेरी प्रतीक्षा करना।

प्रियदर्शन को यह युक्ति समझ आ गई। उसने गंगदत्त को कहा–तू मेरा भाई है, इसलिए नहीं खाता। यदि तू दूसरे मेढकों को बुलाकर लाएगा तो तू मेरे पिता समान पूज्य हो जाएगा।

गंगदत्त अवसर पाकर कुएं से निकल गया। प्रियदर्शन प्रतिक्षण

उसकी प्रतीक्षा में बैठा रहा। बहुत दिन तक भी जब गंगदत्त वापस नहीं आया तो सांप ने अपने पड़ोस के बिल में रहने वाली गोह से कहा कि तू मेरी सहायता कर। बाहर जाकर गंगदत्त को खोजना और कहना कि यदि दूसरे मेढक नहीं आते तो भी वह आ जाए। उसके बिना मेरा मन नहीं लगता।

गोह ने बाहर निकलकर गंगदत्त को खोज लिया। उससे भेंट होने पर वह बोली–गंगदत्त! तेरा मित्र प्रियदर्शन तेरी राह देख रहा है। चल, उसके मन को धीरज बंधा। वह तेरे बिना बहुत दुखी है।

गंगदत्त ने गोह से कहा–नहीं, अब मैं नहीं जाऊंगा। संसार में भूखे का कोई भरोसा नहीं, ओछे आदमी प्रायः निर्दय हो जाते हैं। प्रियदर्शन को कहना कि गंगदत्त अब वापस नहीं आएगा।

गोह वापस चली गई।

यह कहानी सुनाने के बाद बन्दर ने मगरमच्छ से कहा कि मैं भी गंगदत्त की तरह वापस नहीं जाऊंगा।

मगरमच्छ बोला–मित्र! यह उचित नहीं है, मैं तेरा सत्कार करके कृतघ्नता का प्रायश्चित करना चाहता हूं। यदि तू मेरे साथ नहीं जाएगा तो मैं यहीं भूख से प्राण दे दूंगा।

बन्दर बोला–मूर्ख! क्या मैं लम्बकर्ण जैसा मूर्ख हूं, जो स्वयं मौत के मुख में जा पड़ूंगा। वह गधा शेर को देखकर वापस चला गया था, लेकिन फिर उसके पास आ गया मैं ऐसा अन्धा नहीं हूं।

मगर ने पूछा–लम्बकर्ण कौन था?

तब बन्दर ने यह कहानी सुनाई :

आज़माए को आज़माना

एक घने जंगल में करालकेसर नाम का शेर रहता था। उसके साथ धूसरक नाम का गीदड़ भी सदा सेवाकार्य के लिए रहा करता था। शेर को एक बार एक मत्त हाथी से लड़ना पड़ा था, तब से उसके शरीर पर

कई घाव हो गए थे, एक टांग भी इस लड़ाई में टूट गई थी। उसके लिए एक कदम चलना भी कठिन हो गया था। जंगल में पशुओं का शिकार उसकी शक्ति के बाहर था। शिकार के बिना पेट नहीं भरता था। शेर और गीदड़ दोनों भूख से व्याकुल थे। एक दिन शेर ने गीदड़ से कहा—तू किसी शिकार की खोज करके यहां ले आ, मैं पास में आए पशु को मार डालूंगा, फिर हम दोनों भरपेट खाना खाएंगे।

गीदड़ शिकार की खोज में पास के एक गांव में गया। वहां उसने तालाब के किनारे लम्बकर्ण नाम के गधे को हरी-हरी घास की कोमल कोंपलें खाते देखा। उसके पास जाकर बोला—मामा! नमस्कार! बड़े दिनों बाद दिखाई दिए हो। इतने दुबले कैसे हो गए?

गधे ने उत्तर दिया—भगिनीपुत्र! क्या कहूं! धोबी बड़ी निर्दयता से मेरी पीठ पर बोझा रख देता है और एक कदम भी ढीला पड़ने पर लाठियों से मारता है। घास मुट्ठी-भर भी नहीं देता। स्वयं मुझे यहां आकर मिट्टी-मिली घास के तिनके खाने पड़ते हैं। इसलिए दुबला होता जा रहा हूं।

गीदड़ बोला—मामा! यही बात है तो मैं तुझे एक जगह ऐसी बतलाता हूं, जहां मरकत मणि के समान स्वच्छ हरी घास के मैदान हैं, निर्मल जल का जलाशय भी पास ही है। वहां जाओ और हंसते-गाते जीवन व्यतीत करो।

लम्बकर्ण ने कहा—बात तो ठीक है, भगिनीपुत्र! किन्तु हम देहाती पशु हैं, वन में जंगली जानवर मारकर खा जाएंगे। इसलिए हम वन के हरे मैदान का उपभोग नहीं कर सकते।

गीदड़—मामा! ऐसा न कहो। वहां मेरा शासन है। मेरे रहते कोई तुम्हारा बाल भी बांका नहीं कर सकता। तुम्हारी तरह कई गधों को मैंने धोबियों के अत्याचारों से मुक्ति दिलाई है। इस समय भी वहां तीन गर्दभ-कन्याएं हैं, जो अब जवान हो चुकी हैं। उन्होंने आते हुए कहा था कि तुम हमारे सच्चे पिता हो तो गांव में जाकर हमारे लिए किसी गर्दभपति को लाओ। इसीलिए तो मैं तुम्हारे पास आया हूं।

गीदड़ की बात सुनकर लम्बकर्ण ने गीदड़ के साथ चलने का निश्चय कर लिया। गीदड़े के पीछे-पीछे चलता हुआ वह उसी वन-प्रदेश में आ पहुंचा, जहां कई दिनों का भूखा शेर भोजन की प्रतीक्षा में बैठा था। शेर के उठते ही लम्कबर्ण ने भागना शुरू कर दिया। उसके भागते-भागते भी शेर ने पंजा लगा दिया, लेकिन लम्बकर्ण शेर के पंजे में नहीं फंसा, भाग ही गया। तब गीदड़ ने शेर से कहा-तुम्हारा पंजा बिल्कुल बेकार हो गया है। गधा भी उसके फन्दे से बच भागा है। क्या इसी बल पर तुम हाथी से लड़ते हो?

शेर ने जरा लज्जित होते हुए उत्तर दिया-अभी मैंने अपना पंजा तैयार भी नहीं किया था, वह अचानक ही भाग गया। अन्यथा हाथी भी इस पंजे की मार से घायल हुए बिना भाग नहीं सकता।

गीदड़ बोला-अच्छा! तो अब एक बार और यत्न कर उसे तुम्हारे पास लाता हूं। यह प्रहार खाली न जाए।

शेर-जो गधा मुझे अपनी आंखों से देखकर भागा है, वह अब कैसे आएगा? किसी और पर घात लगाओ।

गीदड़-इन बातों में तुम दखल मत दो। तुम तो केवल तैयार होकर बैठे रहो।

गीदड़ ने देखा कि गधा उसी स्थान पर फिर घास चर रहा है।

गीदड़ को देखकर गधे ने कहा-भगिनीपुत्र! तू भी मुझे खूब अच्छी जगह ले गया। एक क्षण और हो जाता तो जीवन से हाथ धोना पड़ता। भला, वह कौन-सा जानवर था, जो मुझे देखकर उठा था और जिसका वज्र-समान हाथ मेरी पीठ पर पड़ा था?

तब हंसते हुए गीदड़ ने कहा-मामा! तुम भी विचित्र हो, गर्दभी तुम्हें देखकर आलिंगन करने उठी और तुम वहां से भाग आए। उसने तो तुमसे प्रेम करने का हाथ उठाया था। वह तुम्हारे बिना जीवित नहीं रहेगी। भूखी-प्यासी मर जाएगी। वह कहती है, यदि लम्बकर्ण मेरा पति नहीं होगा तो मैं आग में कूद पड़ूँगी। इसलिए अब उसे अधिक मत सताओ, अन्यथा स्त्री-हत्या का पाप तुम्हारे सिर लगेगा। चलो, मेरे साथ चलो।

गीदड़ की बात सुनकर गधा उसके साथ जंगल की ओर चल दिया। वहां पहुंचते ही शेर फिर उस पर टूट पड़ा। उसे मारकर शेर तालाब में स्नान करने गया। गीदड़ रखवाली करता रहा। शेर को जरा देर हो गई। भूख से व्याकुल होकर गीदड़ ने गधे के कान और दिल के हिस्से काटकर खा लिए।

शेर जब भजन-पूजन से वापस आया, उसने देखा कि गधे के कान नहीं थे और दिल भी निकला हुआ था। क्रोधित होकर उसने गीदड़ से कहा-पापी, तूने इसके कान और दिल खाकर इसे जूठा क्यों किया?

गीदड़ बोला-स्वामी! ऐसा न कहो। इसके कान और दिल थे ही नहीं, तभी तो यह एक बार जाकर वापस आ गया था।

शेर को गीदड़ की बात पर विश्वास हो गया। दोनों ने बांटकर गधे का भोजन किया।

कहानी सुनाने के बाद बन्दर ने मगर से कहा-मूर्ख! तूने भी मेरे साथ छल किया था, किन्तु दंभ के कारण तेरे मुख से सच्ची बात निकल गई। दंभ से प्रेरित होकर जो सच बोलता है, वह उसी तरह पदच्युत हो जाता है। जिस तरह युधिष्ठिर नाम के कुम्हार को राजा ने पदच्युत कर दिया था।

मगर ने पूछा-युधिष्ठिर कौन था?

तब बन्दर ने युधिष्ठिर की कहानी इस प्रकार सुनाई :

समय का राग, कुसमय की टर्र

युधिष्ठिर नाम का एक कुम्हार एक बार टूटे हुए घड़े के नुकीले ठीकरे से टकराकर गिर गया। गिरते ही वह ठीकरा उसके माथे में घुस गया। खून बहने लगाा। घाव गहरा था, दवा-दारू से भी ठीक न हुआ। घाव बढ़ता गया। कई महीने ठीक होने में लग गए। ठीक होने पर उसका निशान माथे पर रह गया।

कुछ दिन बाद अपने देश में दुर्भिक्ष पड़ने पर वह एक दूसरे देश

में चला गया। वहां राजा के सेवकों में भर्ती हो गया। राजा ने एक दिन उसके माथे पर घाव के निशान देखे तो समझा कि अवश्य कोई वीर पुरुष होगा, जो लड़ाई में शत्रु का सामने से मुकाबला करते हुए घायल हो गया होगा। यह समझ उसने उसे अपनी सेना में ऊंचा पद दे दिया। राजा के पुत्र व सेनापति इस सम्मान को देखकर जलते थे, लेकिन राजभय से कुछ नहीं कह सकते थे।

कुछ दिन बाद उस राजा को युद्धभूमि में जाना पड़ा। वहां जब लड़ाई की तैयारियां हो रही थीं, हाथियों पर हौदे कसे जा रहे थे, घोड़ों पर काठियां चढ़ाई जा रही थीं, युद्ध का बिगुल सैनिकों को युद्धभूमि के लिए तैयार होने का संदेश दे रहा था, राजा ने प्रसंगवश युधिष्ठिर कुम्हार से पूछा–वीर! तेरे माथे पर यह गहरा घाव किस संग्राम में कौन-से शत्रु का सामना करते हुए लगा था?

कुम्हार ने सोचा कि अब राजा और उसमें इतनी निकटता हो चुकी है कि राजा सच्चाई जानने के बाद उसे मानता रहेगा। यह सोच उसने सच बात कह दी–एक दिन शराब पीकर लड़खड़ाता हुआ जब मैं घर से निकला तो घर में बिखरे पड़े घड़ों के ठीकरों से टकराकर गिर पड़ा। एक नुकीला ठीकरा माथे में गड़ गया। यह निशान उसका ही है।

राजा यह बात सुनकर बहुत लज्जित हुआ और क्रोध से कांपते हुए बोला–तूने मुझे ठगकर इतना ऊंचा पद पा लिया है। अभी मेरे राज्य से निकल जा। कुम्हार ने बहुत अनुनय-विनय की–युद्ध के मैदान में तुम्हारे लिए प्राण दे दूंगा, मेरा युद्ध-कौशल तो देख लो।–किन्तु राजा ने एक बात न सुनी। उसने कहा कि भले ही तुम सर्वगुणसम्पन्न हो, शूर हो, पराक्रमी हो, किन्तु हो तो कुम्हार ही। जिस कुल में तेरा जन्म हुआ है वह शूरवीरों का नहीं है। तेरी अवस्था उस गीदड़ की तरह है जो शेरों के बच्चों में पलकर भी हाथी से लड़ने को तैयार न हुआ था।

युधिष्ठिर कुम्हार ने पूछा–किस तरह?

तब राजा ने सिंह-श्रृंगाल-पुत्र की कहानी इस प्रकार सुनाई :

गीदड़ गीदड़ ही रहता है

एक जंगल में शेर-शेरनी का युगल रहता था। शेरनी के दो बच्चे हुए। शेर प्रति दिन हिरणों को मारकर शेरनी के लिए लाता था। दोनों मिलकर पेट भरते थे। एक दिन जंगल में बहुत घूमने के बाद भी शाम होने तक शेर के हाथ कोई शिकार न आया। वह खाली हाथ घर वापस आ रहा था, तो उसे रास्ते में गीदड़ का बच्चा मिला। बच्चे को देखकर उसके मन में दया आ गई, उसे जीवित ही अपने मुख में सुरक्षापूर्वक लेकर वह घर आ गया और शेरनी के सामने उसे रखते हुए बोला-प्रिये! आज भोजन तो कुछ मिला नहीं। रास्ते में गीदड़ का बच्चा खेल रहा था, उसे जीवित ही ले आया हूं। तुझे भूख लगी है तो इसे खाकर पेट भर ले। कल दूसरा शिकार लाऊंगा।

शेरनी बोली-प्रिय! जिसे तुमने बालक जानकर नहीं मारा, उसे मारकर मैं कैसे पेट भर सकती हूं। मैं भी इसे बालक मानकर ही पाल लूंगी। समझ लूंगी कि यह मेरा तीसरा बच्चा है। गीदड़ का बच्चा भी शेरनी का दूध पीकर खूब पुष्ट हो गया, और शेर के अन्य दो बच्चों के साथ खेलने लगा। शेर-शेरनी तीनों को प्रेम से एक समान रखते थे।

कुछ दिन बाद उस वन में एक मस्त हाथी आ गया। उसे देखकर शेर के दोनों बच्चे हाथी पर गुर्राते हुए उसकी ओर लपके। गीदड़ के बच्चे ने दोनों को ऐसा करने से मना करते हुए कहा-यह हमारा कुलशत्रु है। इसके सामने नहीं जाना चाहिए। शत्रु से दूर रहना ही ठीक है। यह कहकर वह घर की ओर भागा। शेर के बच्चे भी निरुत्साहित होकर पीछे लौट आए।

घर पहुंचकर शेर के दोनों बच्चों ने मां-बाप से गीदड़ बच्चे के भागने की शिकायत करते हुए उसकी कायरता का उपहास किया, गीदड़ का बच्चा इस उपहास से बहुत क्रोधित हो गया, लाल-लाल आंखें करके और होंठों को फड़फड़ाते हुए दोनों को जली-कटी सुनाने लगा,

तब शेरनी ने उसे एकान्त में बुलाकर कहा कि इतना प्रलाप करना ठीक नहीं, वे तो तेरे छोटे भाई हैं, उसकी बात को टाल देना ही अच्छा है।

गीदड़ का बच्चा शेरनी के समझाने-बुझाने पर और भी भड़क उठा और बोला—मैं बहादुरी में, विद्या में, या कौशल में उनसे किस बात में कम हूं, जो वे मेरी हंसी उड़ाते हैं, मैं उन्हें इसका मजा चखाऊंगा, उन्हें मार डालूंगा।

यह सुनकर शेरनी ने हंसते-हंसते कहा—तू बहादुर भी है, विद्वान भी है, सुन्दर भी है, लेकिन जिस कुल में तेरा जन्म हुआ है, उसमें हाथी नहीं मारे जाते। समय आ गया है कि अब तुझसे सच बात कह ही देनी चाहिए। तू वास्तव में गीदड़ का बच्चा है। मैंने अपना दूध पिलाकर पाला है। अब इससे पहले कि तेरे भाई इस सच्चाई को जानें, तू यहाँ से भागकर अपने स्वजातियों में मिल जा, अन्यथा वे तुझे जिन्दा नहीं छोड़ेंगे।

यह सुनकर वह डर से कांपता हुआ अपने गीदड़-दल में आ मिला।

इसी तरह राजा ने कुम्हार से कहा कि इससे पहले कि अन्य राजपुत्र तेरे कुम्हार होने का भेद जानें और तुझे मार डालें, तू भी यहां से भागकर कुम्हारों में मिल जा।

कहानी सुनाने के बाद बन्दर ने मगरमच्छ से कहा—धूर्त! तूने स्त्री के कहने पर मेरे साथ विश्वासघात किया। स्त्रियों का विश्वास नहीं करना चाहिए। उसके लिए जिसने सब कुछ का परित्याग कर दिया था उसे भी वह छोड़ गई थी।

मगर ने पूछा—कैसे?

बन्दर ने इसकी पुष्टि में लंगड़े और ब्राह्मणी की यह प्रेम-कथा सुनाई :

स्त्री का विश्वास

एक स्थान पर एक ब्राह्मण और उसकी पत्नी बड़े प्रेम से रहते थे, किन्तु ब्राह्मणी का व्यवहार ब्राह्मण के कुटुम्बियों से अच्छा नहीं था। परिवार में कलह रहता था। प्रतिदिन के कलह से मुक्ति पाने के लिए ब्राह्मण ने मां-बाप, भाई-बहन का साथ छोड़कर पत्नी को लेकर दूर देश में जाकर अकेले घर बसाकर रहने का निश्चय किया।

यात्रा लम्बी थी। जंगल में पहुंचने पर ब्राह्मणी को बहुत प्यास लगी। ब्राह्मण पानी लेने गया। पानी दूर था, देर लग गई। पानी लेकर वापस आया तो ब्राह्मणी को मरी पाया। ब्राह्मण बहुत व्याकुल होकर भगवान से प्रार्थना करने लगा। उसी समय आकाशवाणी हुई कि ब्राह्मण! यदि तू अपने प्राणों का आधा भाग इसे देना स्वीकार करे तो ब्राह्मणी फिर जीवित हो जाएगी। ब्राह्मण ने यह स्वीकार कर लिया। ब्राह्मणी फिर जीवित हो गई। दोनों ने यात्रा शुरू कर दी।

वहाँ से बहुत दूर एक नगर था। नगर के बाग में पहुंचकर ब्राह्मण ने कहा—प्रिये! तुम यहीं ठहरो, मैं अभी भोजन लेकर आता हूं। ब्राह्मण के जाने के बाद ब्राह्मणी अकेली रह गई। उसी समय बाग के कुएं पर एक लंगड़ा, किन्तु सुन्दर जवान रहट चला रहा था। ब्राह्मणी उससे हंसकर बोली। वह भी हंसकर बोला। दोनों एक-दूसरे को चाहने लगे। दोनों ने जीवन-भर साथ रहने का प्रण कर लिया।

ब्राह्मण जब भोजन लेकर नगर से लौटा, तो ब्राह्मणी ने कहा—यह लंगड़ा व्यक्ति भी भूखा है, इसे भी अपने हिस्से में से दे दो। जब वहां से आगे प्रस्थान करने लगे तो ब्राह्मणी ने ब्राह्मण से अनुरोध किया कि इस लंगड़े व्यक्ति को भी साथ ले लो। रास्ता अच्छा कट जाएगा। तुम जब कहीं जाते हो तो मैं अकेली रह जाती हूं। बात करने को भी कोई नहीं होता। इसके साथ रहने से कोई बात करने वाला तो रहेगा।

ब्राह्मण ने कहा—हमें अपना भार उठाना ही कठिन हो रहा है, लंगड़े का भार कैसे उठाएंगे?

ब्राह्मणी ने कहा–हम इसे पिटारी में रख लेंगे।

ब्राह्मण को पत्नी की बात माननी पड़ी।

कुछ दूर जाकर ब्राह्मणी और लंगड़े ने मिलकर ब्राह्मण को धोखे से कुएं में धकेल दिया। उसे मरा समझकर वे दोनों आगे बढ़े।

नगर की सीमा पर राज्य-कर वसूल करने की चौकी थी। राजपुरुषों ने ब्राह्मणी की पिटारी को जबर्दस्ती उसके हाथ से छीनकर खोला तो उसमें वह लंगड़ा छिपा था। यह बात राजदरबार तक पहुंची। राजा के पहुंचने पर ब्राह्मणी ने कहा–यह मेरा पति है। अपने बन्धु-बान्धवों से परेशान होकर हमने देश छोड़ दिया है। राजा ने उसे अपने देश में बसने की आज्ञा दे दी।

कुछ दिन बाद, किसी साधु के हाथों कुएं से निकाले जाने के उपरान्त ब्राह्मण भी उसी राज्य में पहुंच गया। ब्राह्मणी ने जब उसे वहां देखा तो राजा से कहा कि यह मेरे पति का पुराना बैरी है, उसे यहां से निकाल दिया जाए या मरवा दिया जाए। राजा ने उसका वध करने की आज्ञा दे दी।

ब्राह्मण ने आज्ञा सुनकर कहा–देव! इस स्त्री ने मेरा कुछ लिया है। वह मुझे दिलवा दिया जाए। राजा ने ब्राह्मणी को कहा–देवी! तूने इसका जो कुछ भी लिया हुआ है, सब दे दे। ब्राह्मणी बोली–मैंने कुछ भी नहीं लिया। ब्राह्मण ने याद दिलाया–तूने मेरे प्राणों का आधा भाग लिया हुआ है। सभी देवता इसके साक्षी हैं–ब्राह्मणी ने देवताओं के भय से वह भाग वापस करने का वचन दे दिया, किन्तु वचन देने के साथ ही वह मर गई। ब्राह्मण ने सारा वृत्तान्त राजा को सुना दिया।

बन्दर ने फिर मगर से कहा–तू भी स्त्री का उसी तरह दास बन गया है जिस तरह वररुचि था।

मगर के पूछने पर बन्दर ने वररुचि की कहानी सुनाई :

स्त्री-भक्त राजा

एक राज्य में अतुलबल पराक्रमी राजा नन्द राज्य करता था। उसकी वीरता चारों दिशाओं में प्रसिद्ध थी। आस-पास के सब राजा उसकी वन्दना करते थे। उसका राज्य समुद्र-तट तक फैला हुआ था। उसका मंत्री वररुचि भी बड़ा विद्वान और सब शास्त्रों में पारंगत था। उसकी पत्नी का स्वभाव बड़ा तीखा था। एक दिन वह प्रणय-कलह में ही ऐसी रूठ गई कि अनेक प्रकार से मनाने पर भी न मानी। तब, वररुचि ने उससे पूछा–प्रिये। तेरी प्रसन्नता के लिए। मैं सब कुछ करने को तैयार हूं। जो तू आदेश करेगी, वही करूंगा। पत्नी ने कहा–अच्छी बात है। मेरा आदेश है कि तू अपना सिर मुंडाकर मेरे पैरों पर गिरकर मुझे मना, तब मैं मानूंगी। वररुचि ने वैसा ही किया। तब वह प्रसन्न हो गई।

उसी दिन राजा नन्द की स्त्री भी रूठ गई। नन्द ने भी कहा–प्रिय! तेरी अप्रसन्नता मेरी मृत्यु है। तेरी प्रसन्नता के लिए मैं सब कुछ करने को तैयार हूं। तू आदेश कर, मैं उसका पालन करूंगा। नन्द-पत्नी बोली–मैं चाहती हूं कि तेरे मुख में लगाम डालकर तुझ पर सवार हो जाऊं, और तू घोड़े की तरह हिनहिनाता हुआ दौड़े। अपनी इस इच्छा के पूरी होने पर ही मैं प्रसन्न होऊंगी। राजा ने भी उसकी इच्छा पूरी कर दी।

दूसरे दिन सुबह राजदरबार में जब वररुचि आया तो राजा ने पूछा–मंत्री! किस पुण्यकाल में तूने अपना सिर मुंडाया है?

वररुचि ने उत्तर दिया–राजन्! मैंने उस पुण्यकाल में सिर मुंडाया है, जिस काल में पुरुष मुख में लगाम लगाकर हिनहिनाते हुए दौड़ते हैं।

राजा यह सुनकर बड़ा लज्जित हुआ।

बन्दर ने यह कथा सुनाकर मगर से कहा–मगरराज! तुम भी स्त्री के दास बनकर वररुचि के समान अंधे बन गए हो। उसके कहने पर मुझे मारने चले थे, लेकिन वाचाल होने से तुमने अपने मन की बात कह दी। वाचाल होने से सारस मारे जाते हैं। बगुला वाचाल नहीं है, मौन रहता

है, इसीलिए बच जाता है। मौन से सभी काम सिद्ध होते हैं। वाणी का असंयम जीवनमात्र के लिए घातक है। इसी कारण शेर की खाल पहनने के बाद भी गधा अपनी जान न बचा सका, मारा गया।

मगर ने पूछा–किस तरह?

बन्दर ने तब वाचाल गधे की यह कहानी सुनाई :

वाचाल गधा

एक शहर में शुद्धपट नाम का धोबी रहता था। उसके पास एक गधा भी था। घास न मिलने से वह बहुत दुबला हो गया। धोबी ने तब एक उपाय सोचा। कुछ दिन पहले जंगल में घूमते-घूमते उसे एक मरा हुआ शेर मिला था, उसकी खाल उसके पास थी। उसने सोचा यह खाल गधे को ओढ़ाकर खेत में भेज दूंगा, जिससे खेत के रखवाले इसे शेर समझकर डरेंगे और इसे मारकर भगाने की कोशिश नहीं करेंगे।

धोबी की चाल चल गई। हर रात वह गधे को शेर की खाल पहनाकर खेत में भेज देता था। गधा भी रात-भर खाने के बाद घर आ जाता था।

लेकिन एक दिन पोल खुल गई। गधे ने एक गधी की आवाज सुनकर खुद भी अरड़ाना शुरू कर दिया। रखवाले शेर की खाल ओढ़े गधे पर टूट पड़े और उसे इतना मारा कि बेचारा मर ही गया। उसकी वाचालता ने उसकी जान ले ली।

बन्दर मगर को यह कहानी कह ही रहा था कि मगर को एक पड़ोसी ने वहां यह खबर दी कि उसकी स्त्री भूखी-प्यासी बैठी उसके आने की राह देखती-देखती मर गई। मगरमच्छ यह सुनकर व्याकुल हो गया और बन्दर से बोला–मित्र, क्षमा करना, मैं तो अब स्त्री-वियोग से भी दुखी हूं।

बन्दर ने हंसते हुए कहा–यह तो मैं पहले ही जानता था कि तू स्त्री का दास है। अब उसका प्रमाण भी मिल गया। मूर्ख! ऐसी दुष्ट स्त्री की

मृत्यु का उत्सव मनाना चाहिए, दुःख नहीं। ऐसी स्त्रियां पुरुष के लिए विष-समान होती हैं। बाहर से वे जितनी अमृत-समान मीठी लगती हैं, अन्दर से उतनी ही विष-समान कड़ी होती हैं।

मगर ने कहा–मित्र! ऐसा ही होगा, किन्तु अब क्या करूँ? मैं तो दोनों ओर से जाता रहा। उधर पत्नी का वियोग हुआ, घर उजड़ गया, इधर तेरे जैसा मित्र छूट गया। यह भी दैव-संयोग की बात है। मेरी अवस्था उस किसान-पत्नी की तरह हो गई जो पति से भी छूटी और धन से भी वंचित कर दी गई।

बन्दर ने पूछा–वह कैसे?

तब मगर ने गीदड़ी और किसान-पत्नी की यह कथा सुनाई :

न घर का न घाट का

एक स्थान पर किसान पति-पत्नी रहते थे। किसान वृद्ध था, पत्नी जवान। अवस्था-भेद से पत्नी का चरित्र दूषित हो गया था। उसके चरित्रहीन होने की बात गांव-भर में फैल गई थी।

एक दिन उसे एकान्त में पाकर एक जवान ठग ने कहा–सुन्दरी! मैं भी विधुर हूं और वृद्ध की पत्नी होने के कारण तू भी विधवा-समान है। चलो, हम यहां से दूर भागकर प्रेम से रहें। किसान-पत्नी को यह बात पसन्द आई। वह दूसरे ही दिन घर का सारा धन-आभूषण लेकर आ गई और दोनों दक्षिण दिशा की ओर वेग से चल पड़े। अभी दो कोस ही गए थे कि नदी आ गई।

वहां दोनों ठहर गए। जवान ठग के मन में पाप था। वह किसान-पत्नी के धन पर हाथ साफ करना चाहता था। उसने नदी को पार करने के लिए यह सुझाव दिया कि पहले वह सम्पूर्ण धन-जेवर की गठरी बांध कर दूसरे किनारे रख आएगा, फिर आकर सुन्दरी को सहारा देते हुए पार पहुंचा देगा। किसान-पत्नी मूर्ख थी, वह बात मान गई। धन-आभूषणों के साथ वह पत्नी के कीमती कपड़े भी ले गया। किसान-पत्नी निपट नग्न रह गई।

इतने में वहां एक गीदड़ी आई। उसके मुख में मांस का टुकड़ा था। वहां आकर उसने देखा कि नदी के किनारे एक मछली बैठी है उसे देखकर वह मांस के टुकड़े को वहीं छोड़कर मछली मारने किनारे तक गई। इसी बीच एक गिद्ध आकाश से उतरा और झपटकर मांस का टुकड़ा दबोचकर ले गया। उधर मछली भी गीदड़ी को आता देख पानी में कूद पड़ी। गीदड़ी दोनों ओर से खाली हो गई। मांस का टुकड़ा भी गया और मछली भी गई। उसे देख नग्न बैठी किसान-पत्नी ने कहा-गीदड़ी! गिद्ध तेरा मांस ले गया और मछली पानी में कूद गई, अब आकाश की ओर क्या देख रही है? गीदड़ी ने भी प्रत्युत्तर देने में शीघ्रता की। वह बोली तेरा भी तो यही हाल है। न तेरा पति अपना रहा और न वह सुन्दर युवक तेरा बना। वह तेरा धन लेकर चला जा रहा है।

मगर यह कहानी सुना ही रहा था कि एक दूसरे मगर ने आकर सूचना दी कि मित्र! तेरे घर पर भी दूसरे मगरमच्छ ने अधिकार कर लिया है। यह सुनकर मगर और भी चिन्तित हो गया। उसके चारों ओर विपत्तियों के बादल उमड़ रहे थे। उन्हें दूर करने का उपाय पूछने के लिए वह बन्दर से बोला-मित्र! मुझे बता कि साम-दाम-भेद आदि में से किस उपाय से अपने घर पर फिर अधिकार करूं।

बन्दर-कृतघ्न! मैं तुझे कोई उपाय नहीं बताऊंगा। अब मुझे मित्र भी मत कह। तेरा विनाश-काल आ गया है। सज्जनों के वचन पर जो नहीं चलता, उसका विनाश अवश्य होता है। जैसे घंटोष्ट्र का हुआ था।

मगर ने पूछा-कैसे?

तब बन्दर ने यह कहानी सुनाई :

घमंड का सिर नीचा

एक गांव में उज्ज्वलक नाम का बढ़ई रहता था। वह बहुत गरीब था। गरीबी से तंग आकर वह गांव छोड़कर दूसरे गांव के लिए चल पड़ा।

रास्ते में घना जंगल पड़ता था। वहां उसने देखा कि एक ऊंटनी प्रसवपीड़ा से तड़फड़ा रही है। ऊंटनी ने जब बच्चा दिया तो वह ऊंट के बच्चे और ऊंटनी को लेकर अपने घर आ गया। वहां घर के बाहर ऊंटनी को खूंटी से बांधकर वह उसके खाने के लिए पत्तों-भरी शाखाएं काटने वन में गया। ऊंटनी ने हरी-हरी कोमल कोंपलें खाईं। बहुत दिन इसी तरह हरे-हरे पत्ते खाकर ऊंटनी स्वस्थ हो गई। ऊंट का बच्चा भी बढ़कर जवान हो गया। बढ़ई ने उसके गले में एक घंटा बांध दिया, जिससे वह कहीं खो न जाए। दूर से ही उसकी आवाज सुनकर बढ़ई उसे घर लिवा लाता था। ऊंटनी के दूध से बढ़ई के बाल-बच्चे भी पलते थे। ऊंट भार ढोने के भी काम आने लगा।

उस ऊंट-ऊंटनी से ही उसका व्यापार चलता था। यह देख उसने एक धनिक से कुछ रुपया उधार लिया और गुर्जर देश में जाकर वहां से एक और ऊंटनी ले आया। कुछ दिनों में उसके अनेक ऊंट-ऊंटनियां हो गईं, उनके लिए रखवाला भी रख लिया गया। बढ़ई का व्यापार चमक उठा। घर में दूध की नदियां बहने लगीं।

शेष सब तो ठीक था, किन्तु जिस ऊंट के गले में घंटा बंधा था, वह बहुत गर्वित हो गया था। वह अपने को दूसरों से विशेष समझता था। सब ऊंट वन में पत्ते खाने जाते तो वह सबको छोड़कर अकेला ही जंगल में घूमा करता था।

उसके घंटे की आवाज से शेर को यह पता लग जाता था कि ऊंट किधर है। सबने उसे मना किया कि वह गले से घंटा उतार दे, लेकिन वह नहीं माना।

एक दिन जब सब ऊंट वन में पत्ते खाकर तालाब में पानी पीने के बाद गांव की ओर वापस आ रहे थे, तब वह सबको छोड़कर जंगल की सैर करने अकेला चल दिया। शेर ने भी घंटे की आवाज सुनकर उसका पीछा किया और जब वह पास आया तो उस पर झपटकर उसे मार दिया।

बन्दर ने कहा– तभी मैंने कहा कि सज्जनों की बात अनसुनी करके जो अपनी ही करता है, वह विनाश को निमंत्रण देता है।

मगरमच्छ बोला–तभी तो तुझसे पूछता हूं। तू सज्जन है, साधु है, किन्तु सच्चा साधु तो वही है जो अपकार करने वालों के साथ भी साधुता करे, कृतघ्नों को भी सच्ची राह दिखलाए। उपकारियों के साथ तो सभी साधु होते हैं।

यह सुनकर बन्दर ने कहा–तब मैं तुझे यही उपदेश देता हूं कि तू जाकर उस मगर से जिसने तेरे घर पर अनुचित अधिकार कर लिया है, युद्ध कर। नीति कहती है कि शत्रु बली है तो भेद-नीति से, नीच है तो दाम से और सशक्त है तो पराक्रम से उस पर विजय पाए।

मगर ने पूछा–यह कैसे?

तब बन्दर ने गीदड़, शेर और बाघ की यह कहानी सुनाई :

राजनीतिज्ञ गीदड़

एक जंगल में महाचतुर नाम का गीदड़ रहता था। उसकी दृष्टि में एक दिन अपनी मौत आप मरा हुआ हाथी पड़ गया। गीदड़ ने उसकी खाल में दांत गड़ाने की बहुत कोशिश की, लेकिन कहीं से भी उसकी खाल उधेड़ने में उसे सफलता नहीं मिली। उसी समय वहां एक शेर आया। शेर को आया देखकर वह साष्टांग प्रणाम करने के बाद हाथ जोड़कर बोला–स्वामी! मैं आपका दास हूं। आपके लिए ही इस मृत हाथी की रखवाली कर रहा हूं। आप अब इसका यथेष्ट भोजन कीजिए।

शेर ने कहा–गीदड़! मैं किसी और के हाथों मरे जीव का भोजन नहीं करता। भूखा रहकर भी मैं अपने इस धर्म का पालन करता हूं। अतः तू ही इसका आस्वादन कर। मैंने तुझे भेंट में दे दिया।

शेर के जाने के बाद वहां एक बाघ आया। गीदड़ ने सोचा एक मुसीबत को हाथ जोड़कर टाला था, इसे कैसे टालूँ? इसके साथ भेद-नीति का ही प्रयोग करना चाहिए। जहाँ साम-दाम की नीति न चले

वहाँ भेद-नीति ही काम करती है। भेद-नीति ही ऐसी प्रबल है कि मोतियों को भी माला में बाँध देती है। यह सोचकर वह बाघ के सामने ऊंची गर्दन करके गया और बोला—मामा! इस हाथी पर दांत न गड़ाना। इसे शेर ने मारा है। वह अभी नदी पर नहाने गया है और मुझे रखवाली के लिए छोड़ गया है। वह कह गया है कि यदि कोई बाघ आए तो उसे बता दूं, जिससे वह सारा जंगल बाघों से खाली कर दे।

गीदड़ की बात सुनकर बाघ ने कहा—मित्र! मेरी जीवन-रक्षा कर, प्राणों की भिक्षा दे। शेर से मेरे आने की चर्चा न करना—यह कहकर वह बाघ वहां से भाग गया।

बाघ के जाने के बाद वहां एक चीता आया। गीदड़ ने सोचा चीते के दांत तीखे होते हैं, इससे हाथी की खाल उधड़वा लेता हूं। वह उसके पास जाकर बोला—भगिनीसुत! क्या बात है, बहुत दिनों में दिखाई दिए हो। कुछ भूख से सताए मालूम होते हो। आओ मेरा आतिथ्य स्वीकार करो। यह हाथी शेर ने मारा है, मैं इसका रखवाला हूँ। जब तक शेर आए, इसका मांस खाकर जल्दी से भाग जाओ। मैं उसके आने की खबर दूर से ही दूंगा।

गीदड़ थोड़ी दूर पर खड़ा हो गया और चीता हाथी की खाल उधेड़ने लग गया। जैसे ही चीते ने एक-दो जगहों से खाल उधेड़ी गीदड़ चिल्ला पड़ा—शेर आ रहा है, भाग जा! चीता यह सुनकर भाग खड़ा हुआ।

उसके जाने के बाद गीदड़ ने उधेड़ी हुई जगहों से मांस खाना शुरू कर दिया, लेकिन अभी एक-दो ग्रास ही खाए कि एक गीदड़ आ गया। वह उसका समशक्ति था, इसलिए उस पर टूट पड़ा और उसे दूर तक भगा आया। इसके बाद बहुत दिनों तक वह हाथी का मांस खाता रहा।

यह कहानी सुनाकर बन्दर ने कहा—तभी तुझे भी कहता हूं कि स्वजातीय से युद्ध करके अभी निपट ले, नहीं तो उसकी जड़ जम जाएगी। वही तुझे नष्ट कर देगा। स्वजातियों का यही दोष है कि वही विरोध करते हैं, जैसे कुत्तों ने किया था।

मगर ने कहा—कैसे?

बन्दर ने तब कुत्ते की यह कहानी सुनाई :

कुत्ते का बैरी कुत्ता

एक गांव में चित्रांग नाम का कुत्ता रहता था। वहाँ दुर्भिक्ष पड़ गया। अन्न के अभाव में कई कुत्तों का वंश नाश हो गया। चित्रांग ने भी दुर्भिक्ष से बचने के लिए दूसरे गांव की राह ली। वहां पहुंचकर उसने एक घर में चोरी से जाकर भरपेट खाना खा लिया, जिसके घर खाना खाया था उसने तो कुछ नहीं कहा, लेकिन घर से बाहर निकला तो आसपास के कुत्तों ने उसे घेर लिया। भयंकर लड़ाई हुई। चित्रांग के शरीर पर कई घाव लग गए। चित्रांग ने सोचा, इससे तो अपना गांव ही अच्छा है, जहां केवल दुर्भिक्ष है, जान के दुश्मन कुत्ते तो नहीं हैं।

यह सोचकर वह वापस आ गया। अपने गांव आने पर उससे सब कुत्तों ने पूछा–चित्रांग! दूसरे गांव की बात सुना, वह गांव कैसा है? वहां के लोग कैसे हैं? वहां खाने-पीने की चीजें कैसी हैं?

चिंत्राग ने उत्तर दिया–मित्रों, उस गांव में खाने-पीने की चीजें तो बहुत अच्छी हैं, और गृह-पत्नियां भी नरम स्वभाव की हैं, किन्तु दूसरे गांव में एक ही दोष है, अपनी जाति के ही कुत्ते बड़े खूंखार हैं।

बन्दर का उपदेश सुनकर मगरमच्छ ने मन-ही-मन निश्चय किया कि वह अपने घर पर स्वामित्व जमाने वाले मगरमच्छ से युद्ध करेगा। अन्त में यही हुआ। युद्ध में मगरमच्छ ने उसे मार दिया और देर तक सुखपूर्वक उस घर में रहता रहा।

।।चतुर्थ तंत्र समाप्त।।

पंचम तंत्र

अपरीक्षितकारक

दक्षिण प्रदेश के एक प्रसिद्ध नगर पाटलिपुत्र में मणिभद्र नाम का एक धनिक महाजन रहता था। लोक-सेवा और धर्म-कार्यों में रत रहने से उसके धन-संचय में कुछ कमी आ गई, समाज में मान घट गया। इससे मणिभद्र को बहुत दुःख हुआ। वह दिन-रात चिन्तातुर रहने लगा। यह चिन्ता निष्कारण नहीं थी। धनहीन मनुष्य के गुणों का भी समाज में आदर नहीं होता। उसके शील-कुल-स्वभाव की श्रेष्ठता भी दरिद्रता में दब जाती है। बुद्धि, ज्ञान और प्रतिभा के सब गुण निर्धनता के तुषार में कुम्हला जाते हैं। जैसे पतझड़ के झंझावत में मौलसरी के फूल झड़ जाते हैं, उसी तरह घर-परिवार के पोषण की चिन्ता में उसकी बुद्धि कुन्द हो जाती है। घर की घी-तेल-नमक-चावल की निरन्तर चिंता प्रखर प्रतिभा सम्पन्न व्यक्ति की प्रतिभा को खा जाती है। धनहीन घर श्मशान का रूप धारण कर लेता है। प्रिचदर्शना पत्नी का सौन्दर्य भी रूखा और निर्जीव प्रतीत होने लगता है। जलाशय में उठते बुलबुलों की तरह उसकी मान-मर्यादा समाज में नष्ट हो जाती है। निर्धनता की इस भयानक कल्पनाओं में मणिभद्र का दिल कांप उठा। उसने सोचा, इस अपमानपूर्ण जीवन से मृत्यु अच्छी है। इन्हीं विचारों में डूबा हुआ था कि उसे नींद आ गई। नींद में उसने एक स्वप्न देखा। स्वप्न में पद्मनिधि ने एक भिक्षु की वेशभूषा में उसे दर्शन दिए और कहा कि वैराग्य छोड़ दे। तेरे पूर्वजों ने मेरा भरपूर आदर किया था। इसलिए तेरे घर आया हूं।

कल सुबह फिर इसी वेश में तेरे पास आऊंगा। उस समय तू मुझे लाठी की चोट से मार डालना। तब मैं मरकर स्वर्णमय हो जाऊंगा। वह स्वर्ण तेरी गरीबी को हमेशा के लिए मिटा देगा।

सुबह उठने पर मणिभद्र इस स्वप्न की सार्थकता के सम्बन्ध में ही सोचता रहा। उसके मन में विचित्र शंकाएं उठने लगीं। न जाने यह स्वप्न सत्य था या असत्य, यह सम्भव है या असम्भव, इन्हीं विचारों में उसका मन डांवाडोल हो रहा था। हर समय धन की चिन्ता के कारण ही शायद उसे धनसंचय का स्वप्न आया था। उसे किसी के मुख से सुनी हुई यह बात याद आ गई कि रोगग्रस्त, शोकातुर, चिन्ताशील और कामार्त मनुष्य के स्वप्न निरर्थक होते हैं। उनकी सार्थकता के लिए आशावादी होना अपने को धोखा देना है।

मणिभद्र यह सोच ही रहा था कि स्वप्न में देखे हुए भिक्षु के समान ही एक भिक्षु अचानक वहां आ गया। उसे देखकर मणिभद्र का चेहरा खिल गया, सपने की बात याद आ गई। उसने पास में पड़ी लाठी उठाई और भिक्षु के सिर पर मार दी। भिक्षु उसी क्षण मर गया। भूमि पर गिरने के साथ ही उसका सारा शरीर स्वर्णमय हो गया। मणिभद्र ने उसकी स्वर्णमय मृतदेह को छिपा लिया।

किंतु उसी समय एक नाई वहां आ गया था। उसने यह सब देख लिया था। मणिभद्र ने उसे पर्याप्त धन-वस्त्र आदि का लोभ देकर इस घटना को गुप्त रखने का आग्रह किया। नाई ने यह बात किसी और से तो नहीं कही, किन्तु धन कमाने की इस सरल रीति का स्वयं प्रयोग करने का निश्चय कर लिया। उसने सोचा, यदि एक भिक्षु लाठी से चोट खाकर स्वर्णमय हो सकता है तो दूसरा क्यों नहीं हो सकता। उसने मन-ही-मन ठान ली कि वह भी कल सुबह कई भिक्षुओं को स्वर्णमय बनाकर एक ही दिन में मणिभद्र की तरह श्रीसंपन्न हो जाएगा। इसी आशा से वह रातभर सुबह होने की प्रतीक्षा करता रहा, एक पल भी नींद नहीं ली।

सुबह उठकर वह भिक्षुओं की खोज में निकला। पास ही भिक्षुओं का एक मन्दिर था। मन्दिर की तीन परिक्रमाएं करने और अपनी मनोरथसिद्धि के लिए भगवान बुद्ध से वरदान मांगने के बाद वह मन्दिर के प्रधान भिक्षु के पास गया, उसके चरणों का स्पर्श किया और उचित वन्दना के बाद यह विनम्र निवेदन किया कि आज की भिक्षा के लिए आप समस्त भिक्षुओं समेत मेरे द्वार पार पधारें।

प्रधान भिक्षु ने नाई से कहा—तुम शायद हमारी भिक्षा के नियमों से परिचित नहीं हो। हम उन ब्राह्मणों के समान नहीं है। जो भोजन का निमंत्रण पाकर गृहस्थों के घर जाते हैं। हम भिक्षु हैं, जो यथेच्छा से घूमते-घूमते किसी भी भक्त-श्रावक के घर चले जाते हैं और वहां उतना ही भोजन करते हैं जितना प्राण धारण करने मात्र के लिए पर्याप्त हो, अतः हमें निमंत्रण न दो। अपने घर जाओ, हम किसी भी दिन तुम्हारे द्वार पर अचानक आ जाएंगे।

नाई को प्रधान भिक्षु की बात से कुछ निराशा हुई, किन्तु उसने नई युक्ति से काम लिया। वह बोला—मैं आपके नियमों से परिचित हूँ, किंतु मैं आपको भिक्षा के लिए नहीं बुला रहा। मेरा उद्देश्य तो आपको पुस्तक-लेखन की सामग्री देना है। इस महान् कार्य की सिद्धि आपके आए बिना नहीं होगी। प्रधान भिक्षु नाई की बात मान गया। नाई ने जल्दी से घर की राह ली। वहां जाकर उसने लाठियां तैयार कर लीं, और उन्हें दरवाजे के पास रख दिया। तैयारी पूरी हो जाने पर वह फिर भिक्षुओं के पास गया और उन्हें अपने घर की ओर ले चला। भिक्षु-वर्ग भी धन-वस्त्र के लालच से उसके पीछे-पीछे चलने लगा। भिक्षुओं के मन में भी तृष्णा का निवास रहता ही है। जगत् के सब प्रलोभन छोड़ने के बाद भी तृष्णा सम्पूर्ण रूप से नष्ट नहीं होती। उनके देह के अंगों में जीर्णता आ जाती है, बाल रूखे हो जाते हैं, दांत टूटकर गिर जाते हैं, आंख-कान बूढ़े हो जाते हैं, केवल मन की तृष्णा ही है जो अन्तिम श्वास तक जवान रहती है।

उनकी तृष्णा ने ही उन्हें ठग लिया। नाई ने उन्हें घर के अन्दर ले जाकर लाठियों से मारना शुरू कर दिया। उनमें से कुछ तो वहीं धराशायी हो गए और कुछ का सिर फूट गया। उनका कोलाहल सुनकर लोग एकत्र हो गए। नगर के द्वारपाल भी वहां आ पहुंचे। वहां आकर उन्होंने देखा कि अनेक भिक्षुओं की मृतदेह पड़ी है, और भिक्षु आहत होकर प्राण-रक्षा के लिए इधर-उधर दौड़ रहे हैं।

नाई से जब इस रक्तपात का कारण पूछा गया तो उसने मणिभद्र के घर में आहत भिक्षु के स्वर्णमय हो जाने की बात बतलाते हुए कहा कि वह शीघ्र स्वर्ण संचय करना चाहता था। नाई के मुख़ से यह बातें सुनने के बाद राज्य अधिकारियों ने मणिभद्र को बुलाया और पूछा कि क्या तुमने किसी भिक्षु की हत्या की है?

मणिभद्र ने अपने स्वप्न की कहानी आरम्भ से लेकर अन्त तक सुना दी। राज्य के धर्माधिकारियों ने उस नाई को मृत्यु-दंड की आज्ञा दी और कहा-ऐसे कुपरीक्षितकारी, बिना सोचे काम करने वाले के लिए यही दंड उचित था। मनुष्य को उचित है कि वह अच्छी तरह देखे, जाने, सुने और उचित परीक्षा किए बिना कोई भी काम न करे। अन्यथा उसका वही परिणाम होता है जो इस कहानी के नाई का हुआ और उसके बाद में वैसा ही सन्ताप होता है जैसा नेवले को मारने वाली ब्राह्मणी को।

मणिभद्र ने पूछा-किस ब्राह्मणी को?

धर्माधिकारियों ने इसके उत्तर में यह कथा सुनाई :

बिना विचारे जो करे

एक बार देवशर्मा नाम के ब्राह्मण के घर जिस दिन पुत्र का जन्म हुआ उसी दिन उसके घर में रहने वाली नकुली ने भी एक नेवले को जन्म दिया। देवशर्मा की पत्नी बहुत दयालु स्वभाव की स्त्री थी। उसने उस छोटे नेवले को भी अपने पुत्र के समान ही पाला-पोसा और बड़ा

किया। वह नेवला सदा उसके पुत्र के साथ खेलता था। दोनों में बड़ा प्रेम था। देवशर्मा की पत्नी भी दोनों के प्रेम को देखकर प्रसन्न थी, किन्तु उसके मन में यह शंका हमेशा रहती थी कि कभी यह नेवला उसके पुत्र को न काट खाए। पशु के बुद्धि नहीं होती, मूर्खतावश वह कोई भी अनिष्ट कर सकता है।

एक दिन उसकी इस आशंका का बुरा परिणाम निकल आया। उस दिन देवशर्मा की पत्नी अपने पुत्र को एक वृक्ष की छाया में सुलाकर स्वयं पास के जलाशय से पानी भरने गई थी। जाते हुए वह अपने पति देवशर्मा से कह गई थी कि वहीं ठहरकर वह पुत्र की देख-रेख करे, कहीं ऐसा न हो कि नेवला उसे काट खाए। पत्नी के जाने के बाद देवशर्मा ने सोचा कि नेवले और बच्चे में गहरी मैत्री है, नेवला बच्चे को हानि नहीं पहुंचाएगा।

यह सोचकर वह अपने सोए हुए बच्चे और नेवले को वृक्ष की छाया में छोड़कर स्वयं भिक्षा के लोभ से कहीं चल पड़ा।

दैववश उसी समय एक काला नाग पास के बिल से बाहर निकला। नेवले ने उसे देख लिया। उसे डर हुआ कि कहीं वह उसके मित्र को न डंस ले, इसलिए वह काले नाग पर टूट पड़ा और स्वयं बहुत क्षत-विक्षत होते हुए भी उसने नाग के खंड-खंड कर दिए। सांप को मारने के बाद वह उसी दिशा में चल पड़ा, जिधर देवशर्मा की पत्नी पानी भरने गई थी। उसने सोचा कि वह उसकी वीरता की प्रशंसा करेगी, किन्तु हुआ उसके विपरीत। उसकी खून से सनी देह को देखकर ब्राह्मण-पत्नी का मन उन्हीं पुरानी आंशकाओं से भर गया कि कहीं इसने उसके पुत्र की हत्या न कर दी हो। यह विचार आते ही उसने क्रोध से सिर पर उठाए घड़े को नेवले पर फेंक दिया। छोटा-सा नेवला जल से भरे घड़े की चोट खाकर वहीं मर गया। ब्राह्मण-पत्नी वहीं से भागती हुई वृक्ष के नीचे पहुंची। वहां पहुंचकर उसने देखा कि उसका पुत्र बड़ी शांति से सो रहा है और उससे कुछ दूरी पर एक काले सांप का शरीर खंड-खंड हुआ पड़ा है। तब उसे नेवले की वीरता का ज्ञान

हुआ। पश्चाताप से उसकी छाती फटने लगी।

इसी बीच ब्राह्मण देवशर्मा भी वहां आ गया। वहां आकर उसने अपनी पत्नी को विलाप करते देखा तो उसका मन भी सशंकित हो गया, किन्तु पुत्र को कुशलपूर्वक सोते देख उसका मन शांत हुआ। पत्नी ने अपने पति देवशर्मा को रोते-रोते नेवले की मृत्यु का समाचार सुनाया और कहा—मैं तुम्हें यहीं ठहरकर बच्चे की देखभाल के लिए कह गई थी। तुमने भिक्षा के लोभ में मेरा कहना नहीं माना। इसी से यह परिणाम हुआ। मनुष्य को अतिलोभ नहीं करना चाहिए। अतिलोभ से कई बार मनुष्य के मस्तक पर चक्र लग जाता है।

ब्राह्मण ने पूछा—यह कैसे?

ब्राह्मणी ने तब निम्न कथा सुनाई :

लालच बुरी बला

एक नगर में चार ब्राह्मण-पुत्र रहते थे। चारों में गहरी मैत्री थी। चारों ही निर्धन थे। निर्धनता को दूर करने के लिए चारों चिन्तित थे। उन्होंने अनुभव कर लिया था कि अपने बंधु-बांधवों में धनहीन जीवन व्यतीत करने की अपेक्षा शेर-हाथियों से भरे कंटीले जंगल में रहना अच्छा है। निर्धन व्यक्ति को सब अनादर की दृष्टि से देखते हैं, बंधु-बांधव भी उससे किनारा कर लेते हैं, अपने ही पुत्र-पौत्र भी उससे मुख मोड़ लेते हैं, पत्नी भी उससे विरक्त हो जाती है। मनुष्य लोक में धन के बिना न यश सम्भव है, न सुख। धन हो तो कायर भी वीर हो जाता है, कुरूप भी सुरूप कहलाता है और मूर्ख भी पंडित बन जाता है।

यह सोचकर उन्होंने धन कमाने के लिए किसी दूसरे देश को जाने का निश्चय किया। अपने बंधु-बांधवों को छोड़ा, अपनी जन्मभूमि से विदा ली और विदेश यात्रा के लिए चल पड़े।

चलते-चलते क्षिप्रा नदी के तट पर पहुंचे। वहां नदी के शीतल जल में स्नान करने के बाद महाकाल को प्रणाम किया। थोड़ी दूर आगे जाने पर उन्हें एक जटाजूटधारी योगी दिखाई दिए। इन योगिराज का नाम

भैरवानन्द था। योगिराज इन चारों नौजवान ब्राह्मण-पुत्रों को अपने आश्रम में ले गए और उनसे प्रवास का प्रयोजन पूछा। चारों ने कहा—हम-अर्थ-सिद्धि के लिए यात्री बने हैं। धनोपार्जन ही हमारा लक्ष्य है। अब या तो धन कमाकर ही लौटेंगे या मृत्यु का स्वागत करेंगे। इस धनहीन जीवन से मृत्यु ही अच्छी है।

योगिराज ने उनके निश्चय की परीक्षा के लिए जब कहा कि धनवान बनना तो दैव के अधीन है, तब उन्होंने उत्तर दिया—यह सच है कि भाग्य ही पुरुष को धनी बनाता है, किन्तु साहसिक पुरुष भी अवसर का लाभ उठाकर अपने भाग्य को बदल लेते हैं। पुरुष का पौरुष कभी-कभी दैव से भी अधिक बलवान हो जाता है। इसलिए आप हमें भाग्य का नाम लेकर निरुत्साह न करें। हमने अब धनोपार्जन का प्रण पूरा करके ही लौटने का निश्चय किया है। आप अनेक सिद्धियों को जानते हैं।

आप चाहें तो हमें सहायता दे सकते हैं, हमारा पथ-प्रदर्शन कर सकते हैं। योगी होने के कारण आपके पास महती शक्तियां हैं। हमारा निश्चय भी महान है। महान ही महान की सहायता कर सकता है।

भैरवानन्द को उनकी दृढ़ता देखकर प्रसन्नता हुई। प्रसन्न होकर धन कमाने का एक रास्ता बतलाते हुए उन्होंने कहा-तुम हाथों में दीपक लेकर हिमालय पर्वत की ओर जाओ। वहां जाते-जाते जब तुम्हारे हाथ का दीपक नीचे गिर पड़े तो ठहर जाओ।

जिस स्थान पर दीपक गिरे उसे खोदो। वहीं तुम्हें धन मिलेगा। धन लेकर वापस चले आओ।

चारों युवक हाथों में दीपक लेकर चल पड़े। कुछ दूर जाने के बाद उनमें से एक के हाथ का दीपक भूमि पर गिर पड़ा। उस भूमि को खोदने पर उन्हें ताम्रमयी भूमि मिली। वह तांबे की खान थी। उसने कहा—यहां जितना चाहो तांबा ले लो। अन्य युवक बोले—मूर्ख! तांबे से दरिद्रता दूर नहीं होगी। हम आगे बढ़ेंगे। आगे इससे अधिक मूल्य की

वस्तु मिलेगी। उसने कहा–तुम आगे जाओ, मैं तो यहीं रहूंगा। यह कहकर उसने यथेष्ट तांबा लिया और घर लौट गया।

शेष तीनों मित्र आगे बढ़े। कुछ दूर आगे जाने के बाद उनमें से एक के हाथ का दीपक जमीन पर गिर पड़ा। उसने जमीन खोदी तो चांदी की खान पाई। प्रसन्न होकर बोला–यहां जितनी चांदी ले लो, आगे मत जाओ। शेष दो मित्र बोले–पीछे तांबे की खानें मिली थीं, यहां चांदी की खान मिली है, निश्चय ही आगे सोने की खान मिलेगी। इसलिए हम तो आगे ही बढ़ेंगे।

यह कहकर दोनों मित्र आगे बढ़ गए।

उन दो में से एक के हाथ से फिर से दीपक गिर गया, खोदने पर उसे सोने की खान मिल गई। उसने कहा–यहाँ जितना चाहो सोना ले लो। हमारी दरिद्रता का अन्त हो जाएगा। सोने से उत्तम कौन-सी चीज है। आओ, सोने की खान से यथेष्ट सोना खोद लें और घर ले चलें। उसके मित्र ने उत्तर दिया–मूर्ख! पहले तांबा मिला था, फिर चांदी मिली, अब सोना मिला है, निश्चय ही आगे रत्नों की खान होगी। सोने की खान छोड़ दे और आगे चल, किन्तु वह न माना। उसने कहा–मैं तो सोना लेकर ही घर चला जाऊंगा, तुझे आगे जाना है तो जा।

अब वह चौथा युवक एकाकी आगे बढ़ा। रास्ता बड़ा विकट था। कांटों से उसके पैर छलनी हो गए। बर्फीले रास्ते पर चलते-चलते शरीर जीर्ण-शीर्ण हो गया, किन्तु वह आगे-ही-आगे बढ़ता गया।

बहुत दूर जाने के बाद उसे एक मनुष्य मिला, जिसका सारा शरीर खून से लथपथ था और जिसके मस्तक पर चक्र घूम रहा था। उसके पास जाकर चौथा युवक बोला–तुम कौन हो? तुम्हारे मस्तक पर चक्र क्यों घूम रहा है? यहां कहीं जलाशय है तो बतलाओ, मुझे प्यास लगी है।

यह कहते ही उसके मस्तक का चक्र उतरकर ब्राह्मण-युवक के मस्तक पर लग गया। युवक के आश्चर्य की सीमा न रही। उसने कष्ट

से कराहते हुए पूछा–यह क्या हुआ? वह चक्र तुम्हारे मस्तक से छूटकर मेरे मस्तक पर क्यों लग गया?

अजनबी मनुष्य ने उत्तर दिया–मेरे मस्तक पर भी यह इसी तरह अचानक लग गया था। अब यह तुम्हारे मस्तक से तभी उतरेगा जब कोई व्यक्ति धन के लोभ में घूमता हुआ यहां तक पहुंचेगा और तुमसे बात करेगा।

युवक ने पूछा–यह कब होगा।

अजनबी–अब कौन राजा राज्य कर रहा है?

युवक–वीण वत्सराज।

अजनबी–मुझे काल का ज्ञान नहीं। मैं राजा राम के राज्य में दरिद्र हुआ था और सिद्धि का दीपक लेकर यहां तक पहुंचा था। मैंने भी एक और मनुष्य से यही प्रश्न किए थे जो तुमने मुझसे किए हैं।

युवक–किन्तु इतने समय में तुम्हें भोजन व जल कैसे मिलता रहा?

अजनबी–यह चक्र धन के अति लोभी पुरुषों के लिए बना है। इस चक्र के मस्तक पर लगने के बाद मनुष्य को भूख-प्यास, नींद, जरा-मरण आदि नहीं सताते, केवल चक्र घूमने का कष्ट ही सताता रहता है। वह व्यक्ति अनन्त काल तक कष्ट भोगता है।

यह कहकर वह चला गया, और वह अति लोभी ब्राह्मण-युवक कष्ट भोगने के लिए वहीं रह गया। थोड़ी देर बाद खून से लथपथ हुआ वह इधर-उधर घूमते-घूमते उस मित्र के पास पहुंचा जिसे स्वर्ण की सिद्धि हुई थी, और जो अब स्वर्ण-कण बटोर रहा था। उससे चक्रधर ब्राह्मण-युवक ने सब वृत्तान्त कह सुनाया। स्वर्ण-सिद्धि युवक ने चक्रधर युवक को कहा कि मैंने तुझे आगे जाने से रोका था। तूने तब मेरा कहना नहीं माना। बात यह है कि तुझे ब्राह्मण होने के कारण विद्या तो मिल गई, कुलीनता भी मिली, किन्तु भले-बुरे को परखने वाली बुद्धि नहीं मिली। विद्या की अपेक्षा बुद्धि का स्थान ऊंचा है। विद्या होते हुए जिनके पास बुद्धि नहीं होती, वे सिंहकारकों की तरह नष्ट हो जाते हैं।

चक्रधर ने पूछा–किन सिंहकारकों की तरह?

स्वर्ण-सिद्धि ने तब अगली कथा सुनाई :

वैज्ञानिक मूर्ख

एक नगर में चार मित्र रहते थे। उनमें से तीन बड़े वैज्ञानिक थे, किन्तु बुद्धिरहित थे, चौथा वैज्ञानिक नहीं था, किन्तु बुद्धिमान था। चारों ने सोचा कि विद्या का लाभ तभी हो सकता है, यदि वे विदेशों में जाकर धन-संग्रह करें। इसी विचार से वे विदेश-यात्रा को चल पड़े।

कुछ दूर जाकर उनमें से सबसे बड़े ने कहा :

–हम चारों विद्वानों में एक विद्याशून्य है, वह केवल बुद्धिमान है। धनोपार्जन के लिए और धनिकों की प्रसन्नता प्राप्त करने के लिए विद्या आवश्यक है। विद्या के चमत्कार से ही हम उन्हें प्रभावित कर सकते हैं। अतः हम अपने धन का कोई भी भाग इस विद्याहीन को नहीं देंगे। वह चाहे तो घर वापस चला जाए।

दूसरे ने इस बात का समर्थन किया, किन्तु तीसरे ने कहा–यह बात उचित नहीं है। बचपन से ही हम एक-दूसरे के सुख-दुःख के समभागी रहे हैं। हम जो भी धन कमाएंगे, उसमें इसका हिस्सा रहेगा। अपने-पराये की गणना छोटे दिल वालों का काम है। उदार-चरित्र व्यक्तियों के लिए सारा संसार ही अपना कुटुम्ब होता है। हमें उदारता दिखलानी चाहिए।

उसकी बात मानकर चारों आगे चल पड़े। थोड़ी दूर जाकर उन्हें जंगल में एक शेर का मृत शरीर मिला। उसके अंग-प्रत्यंग बिखरे हुए थे। तीनों विद्याभिमानी युवकों ने कहा–आओ, हम अपनी विज्ञान की शिक्षा की परीक्षा करें। विज्ञान के प्रभाव से हम इस मृत शरीर में नया जीवन डाल सकते हैं। यह कहकर तीनों उसकी हड्डियां बटोरने और बिखरे हुए अंगों को मिलाने में लग गए। एक ने अस्थिसंचय किया, दूसरे ने चर्म, मांस, रुधिर संयुक्त किया, तीसरे ने प्राणों के संचार की प्रक्रिया शुरू की। इतने में विज्ञान-शिक्षा से रहित, किन्तु बुद्धिमान मित्र ने उन्हें सावधान करते हुए कहा–जरा ठहरो। तुम लोग अपनी विद्या के प्रभाव से शेर को जीवित कर रहे हो। वह जीवित होते ही तुम्हें मारकर खा जाएगा।

वैज्ञानिक मित्रों ने उसकी बात को अनसुना कर दिया। तब वह बुद्धिमान बोला–यदि तुम्हें अपनी विद्या का चमत्कार दिखलाना ही है, तो दिखलाओ, लेकिन एक क्षण ठहर जाओ, मैं वृक्ष पर चढ़ जाऊं। यह कहकर वह वृक्ष पर चढ़ गया।

इतने में तीनों वैज्ञानिकों ने शेर को जीवित कर दिया। जीवित होते ही शेर ने तीनों पर हमला कर दिया। तीनों मारे गए।

अतः शास्त्रों में कुशल होना ही पर्याप्त नहीं है। लोक-व्यवहार को समझने और लोकाचार के अनुकूल काम करने की बुद्धि भी होनी चाहिए। अन्यथा लोकाचार-हीन विद्वान भी मूर्ख पंडितों की तरह उपहास के पात्र बनते हैं।

चक्रधर ने पूछा–कौन-से मूर्ख पंडितों की तरह?

स्वर्ण-सिद्धि युवक ने तब यह अगली कथा सुनाई :

चार मूर्ख पंडित

एक स्थान पर चार ब्राह्मण रहते थे। चारों विद्याभ्यास के लिए कान्यकुब्ज गए। निरन्तर बारह वर्ष तक विद्या पढ़ने के बाद वे सम्पूर्ण शास्त्रों के पारंगत विद्वान हो गए, किन्तु व्यवहार-बुद्धि से चारों खाली थे। विद्याभ्यास के बाद चारों स्वदेश के लिए लौट पड़े। कुछ दूर चलने के बाद रास्ता दो ओर फटता था। किस मार्ग से जाना चाहिए–इसका कोई भी निश्चय न करने पर वे वहीं बैठ गए। इसी समय वहां से एक मृत वैश्य बालक की अर्थी निकली। अर्थी के साथ बहुत-से महाजन भी थे। 'महाजन' नाम से उनमें से एक को कुछ याद आ गया। उसने पुस्तक के पन्ने पलटकर देखा तो लिखा था–महाजनों येन गतः सः पन्था अर्थात् जिस मार्ग से महाजन जाए, वही मार्ग है। पुस्तक में लिखे को ब्रह्म-वाक्य मानने वाले चारों पंडित महाजनों के पीछे-पीछे श्मशान की ओर चल पड़े।

थोड़ी दूर पर श्मशान में उन्होंने एक गधे को खड़ा हुआ देखा। गधे को देखते ही उन्हें शास्त्र की यह बात याद आ गई। 'राजद्वारे श्मशाने

च यस्तिष्ठति सः बान्धवः अर्थात् राजद्वार और श्मशान में जो खड़ा हो, वह भाई होता है। फिर क्या था चारों ने उस श्मशान में खड़े गधे को भाई बना लिया। कोई उसके गले से लिपट गया, तो कोई उसके पैर धोने लगा।

इतने में एक ऊंट उधर से गुजरा। उसे देखकर सब विचार में पड़ गए कि यह कौन है। बारह वर्ष तक विद्यालय की चार-दीवारी में रहते हुए उन्हें पुस्तकों के अतिरिक्त संसार की किसी वस्तु का ज्ञान नहीं था। ऊंट को वेग से भागते हुए देखकर उनमें से एक को पुस्तक में लिखा यह वाक्य याद आ गया धर्मस्य त्वरिता गतिः, अर्थात् धर्म की गति में बड़ा वेग होता है। उन्हें निश्चय हो गया कि वेग से जाने वाली यह वस्तु अवश्य धर्म है। उसी समय उनमें से एक को याद आया–इष्ट धर्मेण योजयेत्, धर्म का संयोग इष्ट से करा दे। उनकी समझ में इष्ट बांधव था गधा और ऊंट था धर्म, दोनों का संयोग कराना उन्होंने शास्त्रोक्त मान लिया। बस खींच-खांचकर उन्होंने ऊंट के गले में गधे को बांध दिया। वह गधा एक धोबी का था। उसे पता लगा तो वह भागा आया। उसे अपनी ओर आता देखकर चारों शास्त्रपारंगत पंडित वहां से भाग खड़े हुए।

थोड़ी दूर पर एक नदी थी। नदी में पलाश का एक पत्ता तैरता हुआ आ रहा था। इसे देखते ही उनमें से एक को याद आ गया–आगमिष्यति यत्पत्रं तदस्मांस्तारयिष्यति, अर्थात् जो पत्ता तैरता हुआ आएगा वही हमारा उद्धार करेगा। उद्धार की इच्छा से वह मूर्ख पंडित पत्ते पर लेट गया। पत्ता पानी में डूब गया तो वह भी डूबने लगा। केवल उसकी शिखा पानी से बाहर रह गई। इसी तरह बहते-बहते जब वह दूसरे मूर्ख पंडित के पास पहुंचा तो उसे एक और शास्त्रोक्त वाक्य याद आ गया-'सर्वनाशे समुत्पन्ने अर्धं त्यजति सः पंडितः अर्थात् सम्पूर्ण का नाश होते देखकर आधे को बचा ले और आधे को त्याग कर दे। यह याद आते ही उसने बहते हुए पूरे आदमी का आधा भाग बचाने के लिए उसकी शिखा

पकड़कर गदरन काट दी। उसके हाथ में केवल सिर का हिस्सा आ गया। देह पानी में बह गई।

उन चार के अब तीन रह गए। गांव पहुंचने पर तीनों को अलग-अलग घरों में ठहराया गया। वहां उन्हें जब भोजन दिया गया तो एक ने सेमियों को यह कहकर छोड़ दिया 'दीर्घसूत्री विनश्यति,' अर्थात् दीर्घ तन्तु वाली वस्तु नष्ट हो जाती है। दूसरे को रोटियां दी गईं तो उसे याद आ गया अतिविस्तार विस्तीर्णं तद्भवेन्न चिरायुषम्' अर्थात बहुत फैली हुई वस्तु आयु को घटाती है तीसरे को छिद्र वाली वाटिका दी गई तो उसे याद आ गया-छिद्रेष्वनर्था बहुली भवन्ति, अर्थात छिद्र वाली वस्तु में बहुत अनर्थ होते हैं। परिणाम यह हुआ कि तीनों की जगहंसाई हुई और तीनों भूखे भी रहे।

व्यवहार-बुद्धि बिना पंडित भी मूर्ख ही रहते हैं। व्यवहार बुद्धि भी एक ही होती है। सैकड़ों बुद्धियां रखने वाला सदा डांवाडोल रहता है। उसकी वही दशा होती है जो शतबुद्धि और सहस्रबुद्धि मछली की हुई थी। मंडूक के पास एक ही बुद्धि थी-इसलिए वह बच गया।

चक्रधर ने पूछा-यह कैसे हुआ?

स्वर्ण-सिद्धि ने तब यह कथा सुनाई :

एकबुद्धि की कथा

एक तालाब में दो मछलियां रहती थीं। एक थी शतबुद्धि (सौ बुद्धियों वाली), दूसरी थी सहस्रबुद्धिय (हजार बुद्धियों वाली)। उसी तालाब में एक मेढक भी रहता था। उसका नाम था एकबुद्धि। उसके पास एक ही बुद्धि थी। इसलिए उसे बुद्धि पर अभिमान नहीं था। शतबुद्धि और सहस्रबुद्धि को अपनी चतुराई पर बड़ा अभिमान था।

एक दिन संध्या समय तीनों तालाब के किनारे बातचीत कर रहे थे। उसी समय उन्होंने देखा कि कुछ मछियारे हाथों में जाल लेकर वहां आए। उनके जाल में बहुत-सी मछलियां फंसकर तड़प रही थीं। तालाब

के किनारे आकर मछियारे आपस में बात करने लगे। एक ने कहा–इस तालाब में खूब मछलियां हैं, पानी भी कम है। हम यहां आकर मछलियां पकड़ेंगे।

सबने उसकी बात का समर्थन किया। कल सुबह यहां आने का निश्चय कर मछियारे चले गए। उनके जाने के बाद सब मछलियों ने सभा की। सभी चिन्तित थे कि क्या किया जाए। सबकी चिंता का उपहास करते हुए सहस्रबुद्धि ने कहा–डरो मत, दुनिया में सभी दुर्जनों के मन की बात पूरी होने लगे तो संसार में किसी का रहना कठिन हो जाए। सांपों और दुष्टों के अभिप्राय पूरे नहीं होते, इसीलिए संसार बना हुआ है। किसी के कथन–मात्र से डरना कापुरुषों का काम है। प्रथम तो वे यहां आएंगे ही नहीं, यदि आ भी गए, तो मैं अपनी बुद्धि के प्रभाव से सबकी रक्षा कर लूंगी। शतबुद्धि ने भी उसका समर्थन करते हुए कहा–बुद्धिमान के लिए संसार में सब कुछ संभव है। जहां वायु और प्रकाश की भी गति नहीं होती, वहां बुद्धिमानों की बुद्धि पहुंच जाती है। किसी के कथन–मात्र से हम अपने पूर्वजों की भूमि को नहीं छोड़ सकते। अपनी जन्मभूमि में जो सुख होता है। वह स्वर्ग में भी नहीं होता। भगवान ने हमें बुद्धि दी है, भय से भागने के लिए नहीं, बल्कि भय का युक्तिपूर्वक सामना करने के लिए।

तालाब की मछलियों को तो शतबुद्धि और सहस्रबुद्धि के आश्वासन पर भरोसा हो गया, लेकिन एकबुद्धि मेंढक ने कहा–मित्रों! मेरे पास तो एक ही बुद्धि है, वह मुझे यहां से भाग जाने की सलाह देती है। इसलिए मैं सुबह होने से पहले ही इस जलाशय को छोड़कर अपनी पत्नी के साथ दूसरे जलाशय में चला जाऊंगा। यह कहकर वह मेंढक मेंढकी को लेकर तालाब से चला गया।

दूसरे दिन अपने वचनानुसार वे मछियारे वहां आए। उन्होंने तालाब में जाल बिछा दिया। तालाब की सभी मछलियां जाल में फंस गईं। शतबुद्धि और सहस्रबुद्धि ने बचाव के लिए बहुत–से पैंतरे बदले, किन्तु मछियारे भी अनाड़ी न थे। उन्होंने चुन–चुनकर सब मछलियों को जाल में बांध लिया। सबने तड़प–तड़पकर प्राण दे दिए।

संध्या समय मछियारों ने मछलियों से भरे जाल को कंधे पर उठा लिया। शतबुद्धि और सहस्रबुद्धि बहुत भारी मछलियाँ थीं, इसलिए उन्होंने शतबुद्धि को कंधे पर और सहस्रबुद्धि को हाथों पर लटका लिया था। उनकी दुरवस्था देखकर एकबुद्धि मेढक ने अपनी मेढकी से कहा–देख प्रिये! मैं कितना दूरदर्शी हूं। जिस समय शतबुद्धि कन्धों पर और सहस्रबुद्धि हाथों में लटकी जा रही है, उस समय में एकबुद्धि इस छोटे–से जलाशय के निर्मल जल में सानन्द विहार कर रहा हूं। इसलिए मैं कहता हूं कि विद्या से बुद्धि का स्थान ऊंचा है और बुद्धि में भी सहस्रबुद्धि की अपेक्षा एकबुद्धि होना अधिक व्यवहारिक है।

यह कहानी पूरी होने के बाद चक्रधर ने पूछा–तो मित्र की सलाह सदा माननी चाहिए।

स्वर्ण–सिद्धि ने उत्तर दिया–मित्र के वचन का उल्लंघन ठीक नहीं है। जो विद्या–बुद्धि के अहंकार या लोभवश मित्र की बात को अनसुनी कर देते हैं, वे अपने मित्र गीदड़ की बात मानने वाले गधे की तरह कष्ट उठाते हैं।

चक्रधर ने पूछा–वह कैसे?

स्वर्ण–सिद्धि ने तब यह कथा सुनाई :

संगीतविशारद गधा

एक गांव में उद्धत नाम का गधा रहता था। दिन में धोबी का भार ढोने के बाद रात को वह स्वेच्छा से खेतों में घूमा करता था। सुबह होने पर वह स्वयं धोबी के पास आ जाता था।

रात को खेतों में घूमते–घूमते उसकी जान–पहचान एक गीदड़ से हो गई। गीदड़ मैत्री करने में बड़े चतुर होते हैं। गधे के साथ गीदड़ भी खेतों में जाने लगा। खेत की बाड़ को तोड़कर गधा अन्दर चला जाता था और वहां गीदड़ के साथ मिलकर कोमल–कोमल ककड़ियां खाकर सुबह अपने घर आ जाता था।

एक दिन गधा उमंग में आ गया। चांदनी रात थी। दूर तक खेत लहलहा रहे थे। गधे ने कहा–मित्र! आज कितनी निर्मल चांदनी खिली है। जी चाहता है, आज खूब गीत गाऊं। मुझे सब राग-रागनियां आती हैं। तुझे जो गीत पसन्द हो, वही गाऊंगा। भला, कौन-सा गाऊं, तू ही बता।

गीदड़ ने कहा–मामा! इन बातों को रहने दो। क्यों अनर्थ बखेरते हो? अपनी मुसीबत आप बुलाने से क्या लाभ। शायद तुम भूल गए कि हम चोरी से खेत में आए हैं। चोर को तो खांसना भी मना है, और तुम ऊंचे स्वर से राग-रागनी गाने की सोच रहे हो और शायद तुम यह भी भूल गए कि तुम्हारा स्वर मधुर नहीं है। तुम्हारी शंखध्वनि दूर-दूर तक जाएगी। इन खेतों के बाहर रखवाले सो रहे हैं। वे जाग गए तो तुम्हारी हड्डियां तोड़ देंगे। कल्याण चाहते हो तो इन उमंगों को भूल जाओ, आनन्दपूर्वक अमृत जैसी मीठी ककड़ियों से पेट भरो। संगीत का व्यसन तुम्हारे लिए अच्छा नहीं है।

गीदड़ की बात सुनकर गधे ने उत्तर दिया–मित्र तुम वनचर हो, जंगलों में रहते हो, इसीलिए संगीत-सुधा का रसास्वादन तुमने नहीं किया है। तभी तुम ऐसी बात कर रहे हो।

गीदड़ ने कहा–मामा! तुम्हारी बात ही ठीक सही, लेकिन तुम भी संगीत तो नहीं जानते, केवल गले से ढेंचू-ढेंचू करना ही जानते हो।

गधे को गीदड़ की बात पर क्रोध तो बहुत आया, किन्तु क्रोध को पीते हुए गधा बोला–गीदड़! यदि मुझे संगीत विद्या का ज्ञान नहीं तो किसको होगा, मैं तीनों ग्रामों, सातों स्वरों, इक्कीस मूर्धनाओं, उन्चास तालों, तीनों लयों और तीस मात्राओं के भेदों को जानता हूं। राग में तीन यति विराम होते हैं, नौ रस होते हैं। छत्तीस राग-रागनियों का मैं पंडित हूं। चालीस तरह के संचारी-व्यभिचारी भावों का भी मैं पंडित हूं। चालीस तरह के संचारी-व्यभिचारी भावों को भी मैं जानता हूं। तब भी तू मुझे रागी नहीं मानता। कारण, कि तू स्वयं राग-विद्या से अनभिज्ञ है।

गीदड़ ने कहा–मामा! यदि यही बात है तो मैं तुझे नहीं रोकूंगा। मैं खेत के दरवाजे पर खड़ा चौकीदारी करता हूं, तू जैसा जी चाहे, गाना गा।

गीदड़ के जाने के बाद गधे ने अपना आलाप शुरू कर दिया। उसे सुनकर खेत के रखवाले दांत पीसते हुए भागे आए। वहां आकर उन्होंने गधे को लाठियों से मार-मारकर जमीन पर गिरा दिया। उन्होंने उसके गले में सांकली भी बांध दी। गधा भी थोड़ी देर कष्ट से तड़पने के बाद उठ बैठा। गधे का स्वभाव है कि वह बहुत जल्दी कष्ट की बात भूल जाता है। लाठियों की मार की याद मुहूर्त-भर ही उसे सताती है।

गधे ने थोड़ी देर में सांकली तुड़ा ली और भागना शुरू कर दिया। गीदड़ भी उसी समय दूर खड़ा तमाशा देख रहा था। मुस्कराते हुए वह गधे से बोला–क्यों मामा! मेरे मना करते-करते भी तुमने अलापना शुरू कर दिया। इसीलिए तुम्हें यह दंड मिला। मित्रों की सलाह का ऐसा तिरस्कार करना उचित नहीं है।

चक्रधर से इस कहानी को सुनने के बाद स्वर्ण-सिद्धि ने कहा–मित्र! बात तो सच है। जिसके पास न तो स्वयं बुद्धि है और न जो मित्र की सलाह मानता है, वह मन्थरक नाम के जुलाहे की तरह तबाह हो जाता है।

स्वर्ण-सिद्ध ने पूछा–वह कैसे?

चक्रधर ने तब यह कहानी सुनाई :

मित्र की शिक्षा मानो

एक बार मन्थरक नाम के जुलाहे के सब उपकरण, जो कपड़ा बुनने के काम आते थे, टूट गए। उपकरणों को फिर बनाने के लिए लकड़ी की जरूरत थी। लकड़ी काटने की कुल्हाड़ी लेकर वह समुद्र-तट पर स्थित बन की ओर चल दिया। समुद्र के किनारे पहुंचकर उसने एक वृक्ष देखा और सोचा कि इसकी लकड़ी से उसके सब उपकरण बन जाएंगे। यह सोचकर वृक्ष के तने में वह कुल्हाड़ी मारने को ही था कि वृक्ष की

शाखा पर बैठे हुए एक देव ने उसे कहा—मैं इस वृक्ष पर आनन्द से रहता हूं और समुद्र की शीतल हवा का आनन्द लेता हूं। तुम्हें इस वृक्ष को काटना उचित नहीं। दूसरे के सुख को छीनने वाला कभी सुखी नहीं होता।

जुलाहे ने कहा—मैं लाचार हूं। लकड़ी के बिना मेरे उपकरण नहीं बनेंगे, कपड़ा नहीं बुना जाएगा, जिससे मेरे कुटुम्बी भूखे मर जाएंगे। इसलिए अच्छा यही है कि तुम किसी और वृक्ष का आश्रय लो, मैं इस वृक्ष की शाखाएं काटने को विवश हूं।

देव ने कहा—मन्थरक! मैं तुम्हारे उत्तर से प्रसन्न हूं। तुम कोई भी एक वर मांग लो, मैं उसे पूरा करूंगा, केवल इस वृक्ष को मत काटो।

मन्थरक बोला—यदि यही बात है तो मुझे कुछ देर का अवकाश दो। मैं अभी घर जाकर अपनी पत्नी से और मित्र से सलाह करके तुमसे वर मांगूंगा।

देव ने कहा—मैं तुम्हारी प्रतीक्षा करूंगा।

गांव में पहुंचने के बाद मन्थरक की भेंट अपने एक मित्र नाई से हो गई। उसने पूछा—मित्र! एक देव मुझे वरदान दे रहा है, मैं तुझसे पूछने आया हूं कि कौन-सा वरदान मांगा जाए।

नाई ने कहा—यदि ऐसा ही है तो राज्य मांग लें। मैं तेरा मंत्री बन जाऊंगा, हम सुख से रहेंगे।

तब मन्थरक ने अपनी पत्नी से सलाह लेने के बाद वरदान का निश्चय करने की बात नाई से कही। नाई ने स्त्रियों के साथ ऐसी मंत्रणा करना नीति-विरुद्ध बतलाया। उसने सम्मति दी कि स्त्रियां प्रायः स्वार्थ-परायणा होती हैं। अपने सुख साधन के अतिरिक्त उन्हें कुछ भी सूझ नहीं सकता। अपने पुत्र को भी जब वे प्यार करती हैं, तो भविष्य में उसके द्वारा सुख की कामनाओं से ही करती हैं।

मन्थरक ने फिर भी पत्नी से सलाह लिए बिना कुछ भी न करने का विचार प्रकट किया। घर पहुंचकर वह पत्नी से बोला—आज मुझे एक देव मिला है। वह एक वरदान देने को उद्यत है। नाई की सलाह

है कि राज्य मांग लिया जाए। तू बता कि कौन-सी चीज मांगी जाए।

पत्नी ने उत्तर दिया-राज्य-शासन का काम बहुत कष्टप्रद है। सन्धि-विग्रह आदि से ही राजा को अवकाश नहीं मिलता। राजमुकुट प्रायः कांटों का ताज होता है। ऐसे राज्य से क्या अभिप्राय जो सुख न दे।

मन्थरक ने कहा-प्रिये! तुम्हारी बात सच है, राजा राम को और राजा नल को भी राज्य-प्राप्ति के बाद कोई सुख नहीं मिला था। हमें भी कैसे मिल सकता है, किन्तु प्रश्न यह है कि राज्य न मांगा जाए तो क्या मांगा जाए।

मन्थरक की पत्नी ने उत्तर दिया-तुम अकेले दो हाथों से जितना कपड़ा बुनते हो, उसमें भी हमारा व्यय पूरा हो जाता है। यदि तुम्हारे हाथ दो की जगह चार हों और सिर भी एक की जगह दो हों, तो कितना अच्छा हो। तब हमारे पास आज की अपेक्षा दोगुना कपड़ा हो जाएगा। इससे समाज में हमारा मान बढ़ेगा।

मन्थरक को पत्नी की बात जंच गई। समुद्र तट पर जाकर वह देव से बोला यदि आप वर देना ही चाहते हैं, तो यह वर दें कि मैं चार हाथ और दो सिर वाला हो जाऊं।

मन्थरक के कहने के साथ ही उसका मनोरथ पूरा हो गया। उसके दो सिर और चार हाथ हो गए, किन्तु इस बदली हालत में जब वह गांव में आया तो लोगों ने उसे राक्षस समझ लिया और राक्षस-राक्षस कहकर सब उस पर टूट पड़े।

चक्रधर ने कहा-बात तो सच है। पत्नी की सलाह न मानता और मित्र की ही मानता, तो उसकी जान बच जाती। सभी लोग आशारूपी पिशाचनी से दबे हुए ऐसे काम कर जाते हैं, जो जगत में हास्यास्पद होते हैं; जैसे सोम शर्मा के पिता ने किया था।

स्वर्ण-सिद्धि ने पूछा-किस तरह?

तब चक्रधर ने यह कथा सुनाई :

शेख़चिल्ली न बनो

एक नगर में कोई कंजूस ब्राह्मण रहता था। उसने भिक्षा से प्राप्त सत्तुओं में से थोड़े-से खाकर शेष से एक घड़ा भर लिया था। उस घड़े को उसने रस्सी से बांध खूंटी पर लटका दिया और उसके नीचे पास की खटिया डालकर उस पर लेटे-लेटे विचित्र सपने लेने लगा और कल्पना के हवाई घोड़े दौड़ाने लगा।

उसने सोचा कि जब देश में अकाल पड़ेगा, तो, इन सत्तुओं का मूल्य सौ रुपये हो जाएगा। उन सौ रुपयों से मैं दो बकरियां लूंगा। छः महीने में उन दो बकरियों से कई बकरियां बन जाएंगी। उन्हें बेचकर एक गाय लूंगा। गौओं के बाद भैंसें लूंगा और फिर घोड़े ले लूंगा। घोड़ों को महंगे दामों में बेचकर मेरे पास बहुत-सा सोना हो जाएगा। सोना बेचकर मैं बहुत बड़ा घर बनाऊंगा। मेरी संपत्ति को देखकर कोई भी ब्राह्मण अपनी सुरूपवती कन्या का विवाह मुझसे कर देगा। वह मेरी पत्नी बनेगी। उससे जो पुत्र होगा उसका नाम मैं सोम शर्मा रखूंगा। जब वह घुटनों के बल चलना सीख जाएगा, तो मैं पुस्तक लेकर घुड़शाला के पीछे की दीवार पर बैठा हुआ उसकी बाल-लीलाएं देखूंगा। उसके बाद सोम शर्मा मुझे देखकर मां की गोद से उतरेगा और मेरी ओर आएगा, तो मैं उसकी मां को क्रोध से कहूंगा—अपने बच्चे को संभाल। वह गृह-कार्य में व्यस्त होगी, इसलिए मेरा वचन न सुन सकेगी, तब मैं उठकर उसे पैर की ठोकर से मारूंगा। यह सोचते ही उसका पैर ठोकर मारने के लिए ऊपर उठा। वह ठोकर सत्तू-भरे घड़े को लगी। घड़ा चकनाचूर हो गया। कंजूस ब्राह्मण के स्वप्न भी साथ ही चकनाचूर हो गए।

स्वर्ण-सिद्धि ने कहा—यह बात तो सच है, किन्तु उसका भी क्या दोष; लोभवश सभी अपने कर्मों का फल नहीं देख पाते और उनको वही फल मिलता है, जो चन्द्रभूपति को मिला था।

चक्रधर ने पूछा—यह कैसे हुआ?

स्वर्ग-सिद्धि ने तब यह कथा सुनाई :

लोभ बुद्धि पर परदा डाल देता है

एक नगर के राजा चन्द्र के पुत्रों को बन्दरों से खेलने का व्यसन था। बन्दरों का सरदार भी बड़ा चतुर था। वह सब बन्दरों को नीतिशास्त्र पढ़ाया करता था। सब बन्दर उसकी आज्ञा का पालन करते थे। राजपुत्र भी उन बन्दरों के सरदार वानरराज को बहुत मानते थे।

उसी नगर के राजगृह में छोटे राजपुत्र के वाहन के लिए कई मेढ़े भी थे। उनमें से एक मेढ़ा बहुत लोभी था। वह जब भी चाहे तब रसोई में घुसकर सब कुछ खा लेता था। रसोइये उसे लकड़ी से मारकर बाहर निकाल देते थे।

वानरराज ने जब यह कलह देखा तो वह चितिंत हो गया। उसने सोचा, यह कलह किसी दिन सारे बन्दर-समाज के नाश का कारण हो जाएगा। कारण यह कि जिस दिन कोई नौकर इस मेढ़े को जलती लकड़ी से मरेगा, उसी दिन यह मेढ़ा घुड़साल में घुसकर आग लगा देगा। इससे कई घोड़े जल जाएंगे। जलन के घावों को भरने के लिए बन्दरों की चर्बी की मांग होगी। तब, हम सब मर जाएंगे।

इतनी दूर की बात सोचने के बाद उसने बन्दरों को सलाह दी कि वे अभी से राजगृह का त्याग कर दें, किन्तु उस समय बन्दरों ने उसकी बात नहीं सुनी। राजगृह में उन्हें मीठे-मीठे फल मिलते थे। उन्हें छोड़कर वे कैसे जाते। उन्होंने वानरराज से कहा कि बुढ़ापे के कारण तुम्हारी बुद्धि मंद पड़ गई है। हम राजपुत्र के प्रेम-व्यवहार और अमृतसमान मीठे फलों को छोड़कर जंगल में नहीं जाएंगे।

वानरराज ने आंखों में आंसू भरकर कहा—मूर्खों! तुम इस लोभ का परिणाम नहीं जानते। यह सुख तुम्हें बहुत महंगा पड़ेगा! यह कहकर वानरराज स्वयं राजगृह छोड़कर वन में चला गया।

उसके जाने के बाद एक दिन वही बात हो गई, जिससे वानरराज ने वानरों को सावधान किया था। वह लोभी मेढ़ा जब रसोई में गया तो

नौकर ने जलती लकड़ी उस पर फेंकी। मेढ़े के बाल जलने लगे। वहां से भागकर वह अश्वशाला में घुस गया। उसकी चिंगारियों से अश्वशाला भी जल गई। कुछ घोड़े आग से जलकर वहीं मर गए। कुछ रस्सी तुड़ाकर शाला में भाग गए।

तब राजा ने पशुचिकित्सा में कुशल वैद्यों को बुलाया और उन्हें आग से जले घोड़ों की चिकित्सा करने के लिए कहा। वैद्यों ने आयुर्वेद शास्त्र देखकर सलाह दी कि जले घावों पर बन्दरों की चर्बी की मरहम बनाकर लगाई जाए। राजा ने मरहम बनाने के लिए सब बन्दरों को मारने की आज्ञा दी। सिपाहियों ने सब बन्दरों को पकड़कर लाठियों और पत्थरों से मार दिया।

वानरराज को जब अपने वंश-क्षय का समाचार मिला तो वह बहुत दुखी हुआ। उसके मन में राजा से बदला लेने की आग भड़क उठी। दिन-रात वह इसी चिंता में घुलने लगा। आखिर उसे एक वन में ऐसा तालाब मिला, जिसके किनारे मनुष्यों के पदचिह्न थे। उन चिह्नों से मालूम होता था कि इस तालाब में जितने मनुष्य गए, सब मर गए; कोई वापस नहीं आया। वह समझ गया कि यहां अवश्य कोई नरभक्षी मगरमच्छ है। उसका पता लगाने के लिए उसने एक उपाय किया। कमल-नाल लेकर उसका एक सिरा उसने तालाब में डाला और दूसरे सिरे को मुख में लगाकर पानी पीना शुरू कर दिया।

थोड़ी देर में उसके सामने ही तालाब में से एक कंठहार धारण किए हुए मगरमच्छ निकला। उसने कहा—इस तालाब में पानी पीने के लिए आकर कोई वापस नहीं गया, तूने कमल-नाल द्वारा पानी पीने का उपाय करके विलक्षण बुद्धि का परिचय दिया है। मैं तेरी प्रतिभा पर प्रसन्न हूं। जो वर मांगेगा, मैं दूंगा। कोई सा एक वर मांग ले।

वानरराज ने पूछा—महाराज! तुम्हारी भक्षण-शक्ति कितनी है?

मगरराज—जल में मैं सैकड़ों, सहस्त्रों पशु या मनुष्यों को खा सकता हूँ, भूमि पर एक गीदड़ भी नहीं।

वानरराज–एक राजा से मेरा वैर है। यदि तुम यह कंठहार मुझे दे दो तो मैं उसके सारे परिवार को तालाब में लाकर तुम्हारा भोजन बना सकता हूं।

मगरराज ने कंठहार दे दिया। वानरराज कंठहार पहनकर राजा के महल में चला गया। उस कंठहार की चमक–दमक से सारा राजमहल जगमगा उठा। राजा ने जब वह कंठहार देखा तो पूछा–वानरराज! यह कंठहार तुम्हें कहां मिला?

वानरराज–राजन्, यहां से दूर वन में एक तालाब है। वहां रविवार के दिन सुबह के समय जो गोता लगाएगा, उसे वह कंठहार मिल जाएगा।

राजा ने इच्छा प्रकट की कि वह भी समस्त परिवार तथा दरबारियों–समेत उस तालाब में जाकर स्नान करेगा, जिससे सबको एक–एक कंठहार की प्राप्ति हो जाएगी।

निश्चित दिन राजा–समेत सभी लोग वानरराज के साथ तालाब पर पहुंच गए। किसी को यह न सूझा कि ऐसा कभी संभव नहीं हो सकता। तृष्णा सबको अंधा बना देती है। सैकड़ों वाला हजारों चाहता है, हजारों वाला लाखों की तृष्णा रखता है, लखपति करोड़पति बनने की धुन में लगा रहता है। मनुष्य का शरीर जरा–जीर्ण हो जाता है, लेकिन तृष्णा सदा जवान रहती है। राजा की तृष्णा भी उसे उसके काल के मुख तक ले आई।

सुबह होने पर सब लोग जलाशय में प्रवेश करने को तैयार हुए, वानरराज ने राजा से कहा–आप थोड़ा ठहर जाएं, पहले और लोगों को कंठहार लेने दीजिए। आप मेरे साथ जलाशय में प्रवेश कीजिएगा। हम ऐसे स्थान पर प्रवेश करेंगे, जहां सबसे अधिक कंठहार मिलेंगे।

जितने लोग जलाशय में गए, डूब गए, कोई ऊपर न आया। उन्हें देरी होती देख राजा ने चिन्तित होकर वानरराज की ओर देखा। वानरराज तुरन्त वृक्ष की ऊंची शाखा पर चढ़कर बोला–महाराज! तुम्हारे सब बंधु–बांधवों को जलाशय में बैठे राक्षस ने खा लिया है। तुमने मेरे कुल

का नाश किया था मैंने तुम्हारा कुल नष्ट कर दिया। मुझे बदला लेना था, ले लिया। जाओ, राजमहल को वापस चले जाओ!

राजा क्रोध से पागल हो रहा था, किन्तु अब कोई उपाय नहीं था। वानरराज ने सामान्य नीति का पालन किया था। हिंसा का उत्तर प्रतिहिंसा से और दुष्टता का उत्तर दुष्टता से देना ही व्यावहारिक नीति है।

राजा के वापस जाने के बाद मगरराज तालाब से निकला। उसने वानरराज की बुद्धिमत्ता की बहुत प्रशंसा की।

कहानी कहने के बाद स्वर्ण-सिद्धि ने चक्रधर से घर वापस जाने की आज्ञा मांगी। चक्रधर ने कहा–मुझे विपत्तियों में छोड़कर तुम कैसे जा सकते हो? मित्रों का क्या कर्त्तव्य है? इतने निष्ठुर बनोगे तो नरक में जाओगे।

स्वर्ण-सिद्धि ने उत्तर दिया–तुम्हें कष्ट से छुड़ाना मेरी शक्ति से बाहर है, बल्कि मुझे भय है कि तुम्हारे संसर्ग से मैं भी इसी कष्ट से पीड़ित न हो जाऊं। अब मेरा यहां से दूर भाग जाना ही ठीक है। नहीं तो मेरी अवस्था भी विकाल राक्षस के पंजे में फंसे वानर की-सी हो जाएगी।

चक्रधर ने पूछा–किस राक्षस के, कैसे?

स्वर्ण-सिद्धि ने तब राक्षस और वानर की यह कथा सुनाई :

भय का भूत

एक नगर में भद्रसेन नाम का राजा रहता था। उसकी कन्या रत्नवती थी। उसे हर समय यही डर रहता था कि कोई राक्षस उसका अपहरण न कर ले। उसके महल के चारों ओर पहरा रहता था, फिर भी वह सदा डर से कांपती रहती थी। रात के समय उसका डर और भी बढ़ जाता था।

एक रात एक राक्षस पहरेदारों की नजर बचाकर रत्नवती के घर में घुस गया। घर के एक अंधेरे कोने में जब वह छिपा हुआ था, तो उसने सुना कि रत्नवती अपनी एक सहेली से कह रही है–यह दुष्ट विकाल मुझे हर समय परेशान करता है, इसका कोई उपाय कर।

राजकुमारी के मुख से यह सुनकर राक्षस ने सोचा कि अवश्य ही विकाल नाम का कोई दूसरा राक्षस होगा, जिससे राजकुमारी इतना डरती है। किसी तरह यह जानना चाहिए कि वह कैसा है, कितना बलशाली है।

यह सोचकर वह घोड़े का रूप धारण करके अश्वशाला में जा छिपा।

उसी रात कुछ देर बाद एक चोर उस राजमहल में आया। वह घोड़ों की चोरी के लिए ही आया था। अश्वशाला में जाकर उसने घोड़ों की देखभाल की और अश्व-रूपी राक्षस को ही सबसे सुन्दर घोड़ा देखकर वह उसकी पीठ पर चढ़ गया। अश्व-रूपी राक्षस ने समझा कि अवश्यमेव यह व्यक्ति ही विकाल राक्षस है और मुझे पहचानकर मेरी हत्या के लिए ही यह मेरी पीठ पर चढ़ा है, किन्तु अब कोई चारा नहीं था। उसके मुंह में लगाम पड़ चुकी थी। चोर के हाथ में चाबुक थी। चाबुक लगते ही वह भाग खड़ा हुआ।

कुछ दूर जाकर चोर ने उसे ठहराने के लिए लगाम खींची, लेकिन घोड़ा भागता ही गया। उसका वेग कम होने के स्थान पर बढ़ता ही गया। तब, चोर के मन में शंका हुई यह घोड़ा नहीं, बल्कि घोड़े की सूरत में कोई राक्षस है, जो मुझे मारना चाहता है। किसी ऊबड़-खाबड़ जगह पर ले जाकर यह मुझे पटक देगा। मेरी हड्डी-पसली टूट जाएगी।

चोर यह सोच ही रहा था कि सामने वटवृक्ष की शाखा आई। घोड़ा उसके नीचे से गुजरा। चोर ने घोड़े से बचने का उपाय देखकर शाखा को दोनों हाथों से पकड़ लिया। घोड़ा नीचे से गुजर गया, चोर वृक्ष की शाखा से लटककर बच गया।

उसी वृक्ष पर अश्वरूपी राक्षस का एक मित्र बन्दर रहता था। उसने डरकर भागते हुए अश्व-रूपी राक्षस को बुलाकर कहा-मित्र! डरते क्यों हो? यह कोई राक्षस नहीं, बल्कि मामूली मनुष्य है। तुम चाहो तो इसे क्षण में खाकर हजम कर लो।

चोर को बन्दर पर बड़ा क्रोध आ रहा था। बन्दर दूर ऊंची शाखा पर बैठा हुआ था, किन्तु उसकी लम्बी पूंछ चोर के मुख के सामने ही लटक रही थी। चोर ने क्रोध-वश उसकी पूंछ को अपने दांतों में भींचकर चबाना शुरू कर दिया। बन्दर को पीड़ा तो बहुत हुई, लेकिन मित्र राक्षस के सामने चोर की शक्ति को कम बताने के लिए वहाँ बैठा ही रहा, फिर भी उसके चेहरे पर पीड़ा की छाया साफ नजर आ रही थी। उसे देखकर राक्षस ने कहा–मित्र! चाहे तुम कुछ भी कहो, किन्तु तुम्हारा चेहरा कह रहा है कि तुम विकाल राक्षस के पंजे में आ गए हो।

यह कहकर वह भाग गया।

यह कहानी सुनाकर स्वर्ण-सिद्धि ने चक्रधर से फिर घर वापस जाने की आज्ञा मांगी और उसे लोभ-वृक्ष का फल खाने के लिए वहीं ठहरने का उलाहना दिया।

चक्रधर ने कहा–मित्र! उपालंभ देने से क्या लाभ यह तो दैव का संयोग है। अंधे, कुबड़े और विकृतशरीर व्यक्ति भी संयोग से जन्म लेते हैं, उनके साथ भी न्याय होता है। उनके उद्धार का भी समय आता है।

एक राजा के घर विकृत कन्या हुई थी। दरबारियों ने राजा से निवेदन किया–मनुष्य को सदा जिज्ञासु रहना चाहिए और प्रश्न पूछते रहना चाहिए। एक बार राक्षसेन्द्र के पंजे में पड़ा हुआ ब्राह्मण केवल प्रश्न के बल पर ही छूट गया था। प्रश्न की बड़ी महिमा है।

राजा ने पूछा–यह कैसे?

तब दरबारियों ने यह कथा सुनाई :

जिज्ञासु बनो

एक जंगल में चंडकर्मा नाम का राक्षस रहता था। जंगल में घूमते-घूमते उसके हाथ एक दिन एक ब्राह्मण आ गया।

वह राक्षस ब्राह्मण के कंधे पर बैठ गया। ब्राह्मण के प्रश्न पर वह बोला–ब्राह्मण! मैंने व्रत लिया हुआ है। गीले पैरों से मैं जमीन को नहीं छू सकता। इसीलिए तेरे कंधों पर बैठा हूँ।

थोड़ी दूर जलाशय था। जलाशय में स्नान के लिए जाते हुए राक्षस ने ब्राह्मण को सावधान कर दिया–जब तक मैं स्नान करता हूं, तू यहीं बैठकर मेरी प्रतीक्षा कर। राक्षस की इच्छा थी कि वह स्नान के बाद ब्राह्मण का वध करके उसे खा जाएगा। ब्राह्मण को भी इसका सन्देह हो गया था। अतः ब्राह्मण अवसर पाकर वहां से भाग निकला। उसे मालूम हो चुका था कि राक्षस गीले पैरों से जमीन नहीं छू सकता; इसलिए वह उसका पीछा नहीं कर सकेगा।

ब्राह्मण यदि राक्षस से प्रश्न न करता तो उसे यह भेद कभी मालूम न होता। अतः मनुष्य को प्रश्न करने से कभी चूकना नहीं चाहिए। प्रश्न करने की आदत अनेक बार उसकी जीवन-रक्षा कर देती है।

स्वर्ण-सिद्ध ने कहानी सुनकर कहा–यह तो ठीक है। दैव अनुकूल हो तो सब काम स्वयं सिद्ध हो जाते हैं, फिर भी पुरुष को श्रेष्ठ मित्रों के वचनों का पालन करना ही चाहिए। स्वेच्छाचार बुरा है। मित्रों की सलाह से मिल-जुलकर और एक-दूसरे का भला चाहते हुए ही सब काम करने चाहिए। जो लोग एक-दूसरे का भला नहीं चाहते और स्वेच्छा सब काम करते हैं, उनकी दुर्गति वैसी होती है, जैसी स्वेच्छाचारी भारंड पक्षी की हुई थी।

चक्रधर ने पूछा–वह कैसे?

स्वर्ण-सिद्धि ने तब यह कथा सुनाई :

मिलकर काम करो

एक तालाब में भारंड नाम का एक विचित्र पक्षी रहता था। उसके मुख दो थे, किन्तु पेट एक ही था। एक दिन समुद्र के किनारे घूमते हुए एक अमृत-समान मधुर फल मिला। यह फल समुद्र की लहरों ने किनारे पर फेंक दिया था। उसे खाते हुए एक मुख बोला–ओह, कितना मीठा है यह फल! आज तक मैंने अनेक फल खाए, लेकिन इतना स्वाद कोई नहीं था। न जाने किस अमृत बेल का यह फल है।

दूसरा मुख उससे वंचित रह गया था। उसने भी जब उसकी महिमा सुनी तो पहले मुख से कहा–मुझे भी थोड़ा-सा चखने को दे दे।

पहला मुख हंसकर बोला–तुझे क्या करना है? हमारा पेट तो एक ही है, उसमें वह चला ही गया है। तृप्ति तो हो ही गई है।

यह कहने के बाद उसने शेष फल अपनी प्रिया को दे दिया। उसे खाकर उसकी प्रेयसी बहुत प्रसन्न हुई।

दूसरा मुख उसी दिन विरक्त हो गया और इस तिरस्कार का बदला लेने का उपाय सोचने लगा।

अन्त में एक दिन उसे एक उपाय सूझ गया। वह कहीं से एक विषफल ले आया। प्रथम मुख को दिखाते हुए उसने कहा–देख, यह विषफल मुझे मिला है। मैं इसे खाने लगा हूं।

प्रथम मुख ने रोकते हुए आग्रह किया–मूर्ख! ऐसा मत कर, इसके खाने से हम दोनों मर जाएंगे।

द्वितीय मुख ने प्रथम मुख के निषेध करते-करते अपने अपमान का बदला लेने के लिए विषफल खा लिया। परिणाम यह हुआ कि दो मुखों वाला पक्षी मर गया।

चक्रधर इस कहानी का अभिप्राय समझकर स्वर्ण-सिद्धि से बोला–अच्छी बात है। मेरे पापों का फल तुझे नहीं भोगना चाहिए, तू अपने घर लौट जा, किन्तु अकेले मत जाना। संसार में कुछ काम ऐसे हैं, जो एकाकी नहीं करने चाहिए। अकेले स्वाद भोजन नहीं खाना चाहिए, सोने वाले के बीच अकेले जागना ठीक नहीं, मार्ग पर अकेले चलना संकटापन्न है, जटिल विषयों पर अकेले सोचना नहीं चाहिए। मार्ग में कोई भी सहायक हो तो वह जीवन-रक्षा कर सकता है, जैसे कर्कट ने सांप को मारकर प्राण-रक्षा की थी।

स्वर्ण-सिद्धि ने कहा–कैसे?

चक्रधर ने यह कहानी कही :

मार्ग का साथी

एक दिन ब्रह्मदत्त नाम का एक ब्राह्मण अपने गांव से प्रस्थान करने लगा। उसकी माता ने कहा–पुत्र! कोई-न-कोई साथी रास्ते के लिए खोज लो। अकेले यात्रा नहीं करनी चाहिए।

ब्रह्मदत्त ने उत्तर दिया–डरो मत, मां! इस मार्ग में कोई उपद्रव नहीं है। मुझे जल्दी जाना है, इतने में साथी नहीं मिलेगा। मेरे पास साथी खोजने का समय नहीं है।–मां ने कुछ और उपाय न देख पड़ोस से एक कर्कट ले लिया और अपने पुत्र ब्रह्मदत्त को कहा कि यदि तुझे जाना ही है तो इस कर्कट को भी साथ लेता जा। यह तुझे बहुत सहायता देगा।

ब्रह्मदत्त ने माता का कहना मान कर्कट को ही साथी बना लिया, उसे कपूर की डिबिया में रखकर यात्रा के लिए चल दिया।

थोड़ी दूर जाकर जब वह थक गया और गर्मी बहुत सताने लगी तो उसने मार्ग के एक वृक्ष की छाया में विश्राम किया। थका हुआ तो था ही, नींद आ गई। उसी वृक्ष के बिल में एक सांप रहता था। जब वह ब्रह्मदत्त के पास आया तो उसे कपूर की गंध आ गई। कपूर की गंध सांप को प्रिय होती है। साँप ने ब्रह्मदत्त के कपड़ों में से कपूर की डिबिया खोज ली, लेकिन जब उसे खाने लगा, कर्कट ने सांप को मार दिया।

ब्रह्मदत्त जब जगा तो देखा कि पास ही काला सांप मरा पड़ा है। उसके पास कपूर की डिबिया भी पड़ी थी। वह समझ गया कि यह काम कर्कट का ही है। प्रसन्न होकर वह सोचने लगा–मां सच कहती थी कि पुरुष को यात्रा में कभी एकाकी नहीं जाना चाहिए। मैंने श्रद्धापूर्वक मां का वचन पूरा किया, इसलिए काला सांप मुझे काट नहीं सका, अन्यथा मैं मर जाता।

इस कहानी के बाद स्वर्ण-सिद्धि अपने मित्र चक्रधर को वहीं छोड़कर अपने घर वापस आ गया।

।। पंचम तंत्र समाप्त।।